KB067180

Red Chronicle

레드 크로니클

FUSION FANTASTIC STORY

김현우 퓨전 판타지 소설

레드 크로니클 13권

김현우 퓨전 판타지 소설

초판 1쇄 찍은 날 § 2014년 12월 11일
초판 1쇄 펴낸 날 § 2014년 12월 18일

지은이 § 김현우
펴낸이 § 서경석

편집부장 § 권태완
편집책임 § 박은정

펴낸곳 § 도서출판 청어람
등록번호 § 제387-1999-000006호
등록일자 § 1999. 5. 31
어람번호 § 제1-2002호

주소 § 경기도 부천시 원미구 심곡2동 163-2 서경B/D 3F (우) 420-822
전화 § 032-656-4452 팩스 § 032-656-4453
http://www.chungeoram.com
E-mail § chungeorambook@daum.net

ISBN 979-11-04-90019-8 04810
ISBN 978-89-251-3523-6 (세트)

레드 크로니클

Red Chronicle

김현우 퓨전 판타지 소설

FUSION FANTASTIC STORY

도서출판 청어람

CONTENTS

제1장

그들의 오만

"······."

이야기를 들은 제스피아리스의 눈이 거세게 떨렸다.

그만큼 방금 전 이어진 말은 그녀에게 있어 큰 충격을 가져다주었다.

마족과 천족.

서로 양립할 수 없는 종족이라는 것을 누구보다 잘 알고 있다. 또한 그들이 오래전부터 전쟁을 벌여왔으며, 더 큰 힘을 손에 쥐고자 중간계에 강림하여 분탕질을 치는 것도 안다.

드래곤 사회에서 제법 상세하게 서술한 내용이 있지만 당사자의 입장에서 듣는 것은 여파가 다를 수밖에 없었다.

물론 순전히 마족의 입장에 대해서 이야기한 것에 지나지 않지만.

"…우리의 이야기는 여기까지입니다."

말을 마친 켈그라인은 입가에 미소를 지었다.

눈앞의 애송이 드래곤이 보인 표정만 보아도 상황이 돌아가는 것이 결코 자신들에게 불리하지 않다는 것을 느낄 수 있었다.

티엘도 그 기색을 눈치챘지만 굳이 언급하지는 않았다. 설명이 통했다는 것은 그들의 역량 문제에 속하는 것이고, 제스피아리스의 설명으로 드래곤 전체가 움직일 거란 생각을 해본 적도 없었으니까.

"듣기에 어떻지?"

"놀랍네요. 확실히 이런 일이 우리가 모르는 곳에서 벌어질 줄은 꿈에도 몰랐어요."

어느새 감정을 가라앉힌 그녀의 대답이었다. 그 속의 떨림이 미세하게 감지되었지만 굳이 겉으로 드러내지는 않았다.

입가에 미소를 지은 티엘이 말했다.

"어디까지나 마족이 자신의 입장에서 설명한 것에 지나지 않지. 천족의 입장에서 어떨지는 모르는 일이니까. 한 가지 분명한 건 우리들과 상관없는 것들이 중간계로 와서 분탕질을 친다는 뜻이니까."

"하하, 그것참."

웃을 수도 없고, 울 수도 없는 날 선 어조에 켈그라인은 웃음만 지어 보일 뿐이었다.

가볍게 어깨를 으쓱하는 것으로 분위기를 전환한 티엘은 제스피아리스에게 말했다.

"이제 내가 거짓말을 하지 않는다는 것 정도는 알게 되었지?"

"그러네요. 확실히 놀랍기도 하고요. 그렇다고 해서 달라지는 건 없어요. 내 역할은 객관적인 사실을 전달하는 게 끝이니까."

"그 이상 기대하지도 않았다."

"뭐라고요?"

"애초에 그 정도 역할만 기대하고 있었다는 의미다."

"후우!"

명백히 자신을 무시하는 어조였지만 그녀는 가볍게 숨을 골랐다. 매번 발끈하고 반응을 보이면 그의 장단에 놀아나는 것이라 여겼다.

제스피아리스를 일별한 티엘은 켈그라인을 보며 말했다.

"내가 드래곤을 데려온 이유는 간단하다."

"도움을 주시려는 겁니까?"

"그럴 리가."

"아니군요."

그럴 만한 인물도 아니라고 생각했기에 켈그라인은 실망하지도 않았다. 어깨를 으쓱한 그는 티엘의 눈을 직시하며 대답을 기다렸다.

"너희가 수작 부릴 여지를 최소화하기 위함이지."

"으음."

"너희는 수작이 아니라고 생각하겠지만 중간계에 살아가는 입장에서는 명백한 분탕질이다. 마족과 천족의 대립에서 수호자를 자처하는 드래곤이 빠지는 것은 말도 안 되는 일이기도 하고."

"이런 개소리를……."

듣고 있던 슈크라인이 분노하여 나서려고 했지만 켈그라인이 손을 들어 제지했다.

"……."

그 모습을 지켜보는 제스피아리스는 경악했다.

마계의 군주로 분류되는 그들이 상대의 노골적인 도발에도 불구하고 아무런 반응을 보이지 않는 것이 놀라웠던 것이다.

동시에 눈앞의 이 인간 같지 않은 인간이 얼마나 대단한지 알 수 있었다.

"틀린 말은 아닙니다."

"켈그라인!"

"드래곤이 우리 마계에서 멋대로 계책을 꾸미는 것과 다를 바가 없다, 슈크라인."

그 말에 왜 하필 예시가 드래곤이냐고 따지고 싶은 마음이 들었지만 꾹 억누르는 제스피아리스였다.

지금은 이들에 대한 정보를 얻어야 했지, 사소한 것을 가지고 시비를 걸 때는 아니었다.

"하지만 그 부분에 대해서 우리에게 권한이 없음을 알아주십시오."

"마황인가?"

"…예."

마왕보다 상위 존재.

마계의 모든 대소사를 조율하는 절대적인 존재가 언급되자, 슈크라인은 더 이상 참지 못하고 자리에서 일어나 분노를 터뜨렸다.

"켈그라인! 나는 더 이상 네 방식을 용납할 수 없다!"

"슈크라인!"

"닥쳐라! 네가 우리의 규칙을 무시하고 모든 정보를 공개한 것에 대해서 그냥 넘어갈 수 있을 거라 생각하는가?"

쏴아아아!

폭발적인 기세가 발산되면서 주변 공간에 퍼져 나가기 시작했다.

날카롭고 사이한 어둠의 마나가 전해지자, 제스피아리스의 표정에 경계심이 서렸다. 어느새 뒤로 물러난 그녀의 전신이 푸른 막으로 뒤덮여 있었다.

그에 반해 티엘과 켈그라인의 표정에는 변함이 없었다. 전마왕인 슈크라인의 기세는 매섭지만 둘 모두 그에 비해 격이 떨어지지 않는다.

"내게 말한 게 불만이 있나?"

"한 번 이득을 봤다고 자만하지 마라!"

허공 위로 떠오른 슈크라인의 신형에 빛이 일어나면서 멋들어진 갑주를 착용하고 양손에 검과 방패가 쥐어졌다.

그를 바라보는 티엘의 눈이 낮게 가라앉았다.

"멍청하면 몸이 고생한다는 말이 있지."

쾅!

눈부신 속도로 쇄도하던 슈크라인의 몸이 멈칫했다. 그러다 재차 달려들려고 했지만 보이지 않는 벽에 가로막힌 것처럼 움직이지 못했다.

그곳을 향해 티엘이 손을 뻗었다.

푸른 마나가 휘몰아치면서 한 자루 검의 형태로 만들어지더니, 이내 흐릿해지면서 허공에 흩어졌다. 그리고 멈춰 서 있던 슈크라인의 입에서 비명이 터져 나왔다.

"크으읏!"

잔뜩 억눌린 신음 속에서 그가 느끼고 있을 수많은 감정이 묻어나왔다.

당황, 분노, 그리고 좌절.

단 일격에 무너진 슈크라인의 눈이 거세게 흔들렸다. 그것이 가져다주는 여파는 결코 작지 않아서 허망하게 다리가 풀려 주저앉고 말았다.

마계의 영지를 다스리는 군주인 그가, 이렇게 허무하게 무너지고 만 것이다.

"약한 자는 입을 다무는 법이지."

티엘의 중얼거림을 들은 슈크라인은 입을 다물었고, 지켜보던 켈그라인이 눈을 빛냈다.

방금 전 그 말은 마계에서 내려오는 격언으로, 투쟁의 삶을 살아가는 마족이라면 신조처럼 여기는 말이었다.

"말도 안 돼……."

상황을 멍하니 지켜보던 제스피아리스가 망연한 표정으로 중얼거렸다.

일개 인간이 어떻게 마왕을 이렇게 몰아붙일 수 있단 말인가.

'정말 인간 맞아?'

의심이 생기는 것은 순식간.

혹시 그가 신계에서 내려온 신족이거나 천족의 천왕이 아닐까 하는 의심이 불쑥 들었다.

하지만 평범하게 가정을 꾸리고 인간들과 위화감 없이 어울리는 모습을 보면 아니라는 생각이 절로 들었다.

무엇이 진실이고, 무엇이 거짓인가.

제스피아리스의 머릿속이 복잡하게 헝클어졌다.

"켈그라인."

"말씀하시길."

"내게 말하기 어려운 내용인가?"

"설마, 다른 곳에 퍼뜨릴 분이 아니라는 걸 알기에 꺼내는 말입니다."

그 말과 함께 켈그라인의 시선이 제스피아리스에게 향했다.

그것이 의미하는 바는 하나였다.

'절대 다른 곳에 발설하지 말 것.'

그만큼 방금 전 말의 의미가 가볍지 않다는 것을 의미했다.

하지만 그가 그런 행동을 보이기 무섭게 티엘이 초를 쳤다.

"드래곤 로드에게 말해도 된다."

"네?"

"이것만큼은 안 됩니다."

"적어도 마황이 개입했다는 것 정도는 알려져야 드래곤들도 무거운 엉덩이를 움직일 수 있는 계기가 만들어지겠지. 그 정도도 없이 드래곤의 협력을 구할 수 있을 거라 생각한 건 아니겠지?"

"드래곤의 도움은 필요하지 않습니다."

그것만큼은 단호했다. 켈그라인에게 있어 드래곤의 도움보다 자신들의 뜻대로 원활하게 돌아갈 수 있는 현재 상황이 더 중요했다.

"이 땅의 수호자인 그들을 외면한다면 여러모로 골치 아픈 점이 발생할 텐데? 그건 너희의 뜻대로 상황이 돌아가지 않는다는 걸 의미하지. 드래곤은 천족을 싫어하는 것만큼 마족도 싫어하니까."

서로의 영역을 끊임없이 탐하는 종족이었기에 나오는 결말이었다.

"후우!"

그 말의 의미가 무엇인지 알아차린 켈그라인은 길게 한숨을 내쉬었다.

중요한 사실을 털어놓은 것 자체가 실수였다는 생각이 머릿속을 스쳐 지나갔다.

"그래도 이만한 사실을 알려준 만큼 마음이 기울어지는군."

"…믿어도 되겠습니까?"

"어디까지나 천족의 움직임을 지켜봐야 한다는 전제가 있겠지. 그들이 움직이지 않는다면 나 또한 움직일 필요가 없다는 걸 뜻하니까."

결국 아무것도 확신해 줄 수 없다는 의미였다.

당했다는 생각이 머릿속을 스치면서 그의 입가에 쓴웃음이 걸렸다.

데려온 드래곤은 미끼에 불과했다.

낚인 것은 자신들이었다. 그 여파를 온전히 감당해야 하는 것도 자신의 몫일 터였다.

"알겠습니다. 그 정도만 알고 있도록 하지요."

"드래곤의 입장도 들어봐야 할 테니 오늘은 여기까지 하도록 하지."

그 말을 끝으로 티엘의 눈짓을 받은 제스피아리스가 공간 이동 마법을 시전하였다.

둘의 몸을 휘감은 빛의 폭사와 함께 그대로 자취를 감추었다.

"……."

둘만 남은 공간에는 무거운 침묵이 내려앉았다.

켈그라인의 시선이 자리에 쓰러져 있는 슈크라인에게 향했다.

"괜찮나."

"…단단히 망신을 당했군, 제기랄."

비틀거리면서 일어나는 슈크라인의 얼굴은 잔뜩 일그러져 있었다.

방금 전 충돌의 여파에서 온전한 정신을 유지할 수 없던 것이 가장 컸다.

"대체 방금 전 그 수는 뭐지?"

"지켜봐도 모르겠더군. 한 가지 분명한 건 인간의 한계를 뛰어넘었다는 것 정도?"

"하필이면 저런 녀석이 변수로 작용할 줄은."

일그러진 슈크라인의 표정은 펴질 줄 몰랐다.

방금 전 충돌은 의도적인 면이 없지 않아 있었다. 한 차례 대결에서 망신을 당했던 슈크라인은 무너진 자존심을 회복하고자 했다.

그랬기에 모든 사실을 무시하며 달려들었는데 결과는 처참한 패배였다.

아직도 자신이 당한 수가 무엇인지 알지 못하니 그로서는 모든 게 혼란스러울 뿐이었다.

"그런데 괜찮겠나?"

"사실을 말한 것을 말하나?"

"분명 비밀로 하라고 했을 텐데……."

"상황에 따라 그렇겠지."

"지금은 그럴 상황이 아니고?"

그 물음에 켈그라인이 고개를 끄덕였다. 그가 무슨 생각을 하고 있는지 알지 못했기에 슈크라인이 의아한 표정으로 바라보았다.

이번 계획은 좀처럼 개입하지 않는 마황이 직접 나선 거대한 계책이었다.

언제나 마계나 천계에서 지지부진하게 이어지다가 끝이 나는 전쟁에 종지부를 찍고자 직접 세운 중간계 대전쟁의 계책.

그 시발점이 마황이었고, 자신들은 각 분야의 책임을 맡아 진행 중이다.

이 사실은 굳이 말하지 않더라도 반드시 지켜져야 할 부분이었으며, 목숨을 걸어서라도 비밀에 부쳐야 할 사안이었다.

"네 생각을 모르겠군."

"굳이 이해하려 들지 않아도 좋다. 한 가지 분명한 건 우리에게 어느 정도 마음이 기울어졌다는 것만으로도 큰 변수를 만들어낼 것이다."

"과연 그 녀석이 그럴 힘이 있을까?"

"그걸 지켜보는 것도 하나의 재미겠지."

"…그럼 지켜보도록 하지."

그렇게 대답한 슈크라인은 그대로 눈을 감아버렸다.

가문으로 공간 이동을 한 뒤에도 티엘과 제스피아리스는 침묵을 지켰다.

그 속에 깃든 것은 불편함이었다. 충격적인 사실을 들은 제스피아리스는 혼란스러운 표정이었다.

그것을 모를 티엘이 아니었다.

"무슨 생각이 들었지?"

"모르겠네요. 그동안 내가 알고 있는 상식이 산산조각 나는 기분이에요."

"예전처럼 무작정 적대하지 않는군?"

"상상과 다른 그들의 모습을 보았는데 그럴까 봐요? 난 그렇게 멍청하지 않아요."

"그렇군."

어깨를 으쓱한 티엘은 별다른 말을 하지 않았다.

마왕과 만나고 대화를 나눈 것만으로도 그녀에게 여러 가지 생각을 하게 만들었을 것임이 분명했다. 상상과 다른 모습, 빛의 사도로 알려진 천족의 사악함을 알게 된 것도 충격의 연장선상일 터.

"어떻게 할 생각이지?"

"사실을 전달해야죠. 이걸 저만 알고 있기에는 사안이 너무 커요."

"틀린 말은 아니군. 그래서?"

"그래서라니요? 마왕은 자신들을 정의롭게 표현했지만 저는 믿지 않아요. 당장 그들을 상대로 중간계를 수호할 방안을 마련할 거예요. 그게 최선이니까요."

"그렇군."

틀린 말은 아니었다. 그리고 그렇게 될 수 있다면 그보다 더 좋은 일은 없을 터였다.

'하지만 그게 쉬울까?'

반문하고 싶었지만 굳이 입 밖으로 꺼내지는 않았다.

드래곤이 힘을 합쳐서 적극적으로 나서기만 한다면 상황은 어렵지 않게 봉합이 될 수 있다.

마족을 도와 천족을 물리친다는 어처구니없는 상황보다 두 종족 모두 중간계에 아예 발을 붙이지 못하게 만드는 게 더 좋으니까.

다만 그것이 가능한지 여부에 대해서는 티엘은 의구심을 가지고 있었다.

"당분간 자리를 비우겠어요."

"좋게 해결되길 기원하지. 하지만 난 안 좋게 될 것 같군."

"…그런 일은 없을 거예요. 직접 나설 생각이니까."

굳은 그녀의 표정 너머로 강하게 선 각오를 느낄 수 있었다.

티엘도 굳이 초를 치지 않고 고개를 끄덕이며 수긍하는 모습을 보였다.

"기대하지."

공간 이동으로 제스피아리스가 이동한 곳은 자신의 레어가 아니었다.

티엘과 만남을 가졌을 때 중재를 서주었던 베레아스의 레어였다.

"무슨 일인가?"

갑작스러운 그녀의 방문에 베레아스는 호기심 어린 표정으로 그녀를 바라보았다.

"드리고 싶은 말이 있어서요."

"하고 싶은 말이라."

심각한 그녀의 표정만 보아도 사안이 가볍지 않음을 알 수 있었다.

무슨 일인지 호기심이 든 베레아스가 가볍게 손을 휘젓자, 허공에 탁자와 의자가 모습을 드러내며 둘의 중간에 사뿐하게 착지했다.

"급해 보이니 차라도 한 잔 들면서 이야기를 하도록 하지."

"……."

제스피아리스는 대답하지 않고 조용히 착석했다. 그 속에서 느껴지는 무언의 재촉에 피식 웃은 베레아스는 직접 차를 우려내어 그녀에게 따라주었다.

차를 한 모금 마실 때까지 제스피아리스는 아무 말도 하지 않았다. 그녀가 머릿속으로 생각을 정리하고 있음을 안 베레아스는 차의 맛을 음미하며 말문을 열길 기다렸다.

"오늘 마왕을 만났어요."

"마왕? 마왕이라……."

예상치 못한 말을 들은 베레아스는 흥미로운 표정을 지었다. 티엘을 따라 나섰다고 한 지 얼마 되지 않았는데 설마하니 마왕을 만날 줄은 노회한 그조차 미처 예상치 못했던 것이다.

"놀랄 부분은 그게 아니에요."

"허허! 마왕을 만난 게 놀랄 일이 아니라니. 더 큰 게 있는 건가?"

"네."

고개를 끄덕인 그녀는 자신이 보고 들었던 것에 대해서 설명을 하기 시작했다.

마왕이 하나가 아닌 둘이라는 것, 그리고 그들은 천족의 침공에 대비하여 마계의 문을 열 준비를 하고 있으며 종래에 마황의 명령을 받았다는 말을 이어나갔다.

"…반드시 막아야만 해요. 그렇지 않으면 그들의 전투로 인해 대륙은 불바다가 되고 말 거예요."

"……."

격앙된 그녀의 목소리와 달리 베레아스는 차를 음미하면서 아무런 말도 하지 않았다.

하지만 굳게 닫힌 그의 입에서 현재 얼마나 많은 생각을 하고 있는지 알게 해주었다.

흥분을 가라앉힌 제스피아리스도 베레아스가 깊은 생각에 잠겨 있음을 알아차리고 조용히 침묵했다.

"제스피아리스."

"네."

"방금 전 그 말에 책임질 수 있는가?"

"…물론이에요. 저는 제가 본 그대로를 이야기했을 뿐이에요."

무겁게 가라앉은 베레아스의 목소리에도 제스피아리스는 당당하게 자신의 의견을 말했다.

오늘 본 모든 것이 그녀에게 충격의 연속이었다. 그런 만큼 이야기로만 전해 듣는 베레아스가 자신의 이야기를 단번에 믿는 것은 쉬운 일이 아님을 그녀도 잘 알고 있다.

"사실이군. 허허, 언제부터 마족이 우리의 눈을 피해 이렇게 자유롭게 중간계를 오갈 수 있었던가."

한탄조였지만 그 속에 깃든 허탈함은 헤아릴 수 없을 만큼
컸다.

그 말을 듣는 제스피아리스도 고개를 끄덕였다. 자신 또한
당시에 느낀 감정은 지금 그와 판이했으니 말이다.

"이번 사안은 가볍게 넘어갈 수 없지."

"그렇다는 건?"

"드래곤 로드에게 보고할 것이네."

이미 사안의 수준은 제스피아리스가 혼자 해결할 수 있는
범위를 넘어섰다.

마왕과 천왕, 그리고 그 윗선인 마황의 개입이 포착된 이상
전 드래곤이 나서서 대처해야 하는 수준으로 바뀌었다.

만약 이 상황에서 실수를 한다면 중간계의 수호자를 자처
하는 드래곤에게 있어 큰 타격이 될 테니 말이다.

"보고는 내가 로드에게 하도록 하지."

"그럼 저는……."

"계속 그의 곁에 있게나. 이번 일을 파악한 것도 그의 도움
이 있어서가 아닌가? 곁에서 도움을 주면서 많은 정보를 얻는
게 좋겠지."

"…알겠습니다."

"크게 기대를 하지 않았는데 아주 중요한 정보를 가져왔

어. 이 부분은 쉽게 넘어갈 만한 게 아니로군."

"한 가지만 물어봐도 될까요?"

"말하게."

"티엘, 그를 이대로 두고 볼 생각인가요?"

중요한 목적을 이뤘지만 제스피아리스는 한 가지 궁금한 점이 있었으니, 바로 티엘에 대한 처우였다.

인간이되, 그 강함이 상식의 수준을 뛰어넘은 그는 굉장히 위험한 인물이었다.

제스피아리스는 드래곤에게 큰 해를 끼칠 것 같은 그를 제거하고 싶은 마음이 들었다. 그 강함을 직접 곁에서 지켜본 만큼 이번 기회를 통해 확실하게 정리를 하고 싶었다.

"제거라도 생각하는가?"

"네, 그는 너무 위험해요."

슈크라인을 한 수에 제압한 무위는 이미 인간의 한계를 뛰어넘어 신인의 경지에 이르렀다는 걸 의미했다. 그 칼날이 드래곤에게 향할 수 있다고 생각할 때, 불필요한 변수는 줄여놓는 것이 나았다.

"아직 결론을 낼 수 있는 부분은 아니로군. 그는 우리에게 어떤 피해도 끼치지 않았으니. 하지만 그 생각을 하지 않는 드래곤은 없을 테니 신중하게 생각해 보겠네."

"감사합니다."

정중하게 인사를 한 제스피아리스는 더 말을 남기지 않고
레어를 벗어났다.

홀로 남은 베레아스는 남은 차를 입에 털어 넣었다. 이미
식어버린 차는 텁텁함을 남겼지만 그보다 더 크게 다가온 것
은 드래곤인 제스피아리스조차 우려를 하게 만드는 티엘의
무위였다.

"위험한 적은 제거하는 것이 최고지. 하지만 과연 그게 최
선일지."

그 부분에 대해서는 베레아스도 뭐라 할 수 없었다.

베레아스는 약속했던 대로 곧장 드래곤 로드인 카스피스
에게 마왕의 강림을 알렸다.

개인적인 성향이 강하지만 마왕이 강림했다는 소식에 카
스피스는 곧장 전 드래곤의 소집령을 내렸다.

중간계의 수호자를 자처하고 있는 만큼 드래곤의 위상에
흠집을 낼 수 있는 이들의 강림은 가볍지 않은 사안으로 다루
어졌다.

하나둘씩 모습을 드러내는 드래곤의 숫자는 다 합쳐서 오
십을 훌쩍 넘겼다.

몇몇은 참여하지 않았지만 개인적인 종족의 성향상 탓할
요소는 없었다.

인간, 오크, 엘프, 트롤, 드워프 등 다양한 종족으로 폴리모프한 모습을 지켜보던 카스피스가 나서자 일제히 시선이 그에게 집중되었다.

"우선 소집령에 응해주어서 고맙다는 말을 남기겠습니다. 사안이 가볍지 않다 보니 이번 긴급회의에 모인 인원은 제법 되는군요."

"……."

공치사가 전해졌지만 반응을 보이는 드래곤은 없었다. 내심 쓰게 웃은 그는 자세한 상황을 설명해 나갔다.

"들어온 정보는 간단합니다. 천계에서는 오래전부터 중간계를 침공할 기회를 엿보았고, 그것을 저지하고자 마계에서는 마왕 몇을 중간계에 파견했다고 합니다. 하지만 우리는 그 징후를 미처 파악할 수 없었습니다. 이는 인간들이 기존의 것으로 감지할 수 없는 새로운 소환 마법을 개발한 것으로 볼 수 있고, 혹은 마계의 적극적인 개입이 있었으리라 생각합니다. 이 부분에 대해 여러분의 생각을 들어보고 싶습니다."

"마왕이라고 해봤자 어차피 제 힘도 발휘하지 못하는 머저리 녀석들이 아닌가?"

붉은 머리의 드워프가 날 선 목소리로 말했다. 그에 동조하듯 몇몇 구성원이 고개를 끄덕였다.

마왕 둘이라고 해도 에인션트급에 도달하면 충분히 상대

가 가능했다.

그들이 일을 벌인다고 한들, 마음만 먹으면 충분히 수습을 할 수 있었다.

"하지만 상대는 마왕입니다. 간악한 그들이 계책을 꾸민다면 사안은 결코 가볍지 않다고 봅니다."

금발 엘프 여인의 말에 이번에는 몇몇 드래곤이 동조를 한다.

오래전부터 마족의 위험을 간파하고 그들을 상대하는 데 가장 적극적이었던 골드 드래곤이 주류를 이루고 있었다.

카스피스가 그들의 지지에 말을 보탰다.

"현재 상황은 진행 중이며, 그 정점에는 마황이 있는 것으로 알려져 있습니다. 이는 자칫 중간계에 마황이 강림할 수 있다는 것으로 볼 수 있습니다."

"……"

순간 정적이 내려앉았다.

마황이라는 존재는 그들이 단 한 번도 상대해 보지 못한 마계의 군주였다. 불멸의 존재이며, 휘하에 마왕을 두고 있는 그 힘이 어느 정도일지는 감히 상상조차 하기 힘든 수준임이 분명했다.

마황이 강림한다면 중간계는 어떻게 될까?

카스피스의 구체적인 설명이 곁들어지자, 드래곤들의 분

위기도 심각해졌다.

"그런데 이 사실을 보고한 드래곤이 누구입니까?"

"그린 일족의 제스피아리스입니다."

상황을 확대한 것은 베레아스였지만 최초의 제보는 제스피아리스가 한 것으로 되어 있었다.

카스피스의 대답에 몇몇 드래곤이 고개를 갸웃했다. 웜급이지만 워낙 혼자 틀어박혀 실험을 일삼던 제스피아리스는 낯선 이름일 수밖에 없었다.

"제스피아리스?

"누구지? 그린 일족이라는데."

"그 실험에 미친 괴짜를 말하는 건가?"

여기저기서 웅성거림이 번져가는 가운데, 비웃음을 짓던 붉은 머리 드워프가 카스피스에게 물었다.

"그 말을 신용할 수 있는 것입니까?"

"물론입니다."

"하하, 이것 참. 에인션트도 아니고 이제 갓 웜급에 들어선 녀석의 말을 믿고 전원이 소집되다니."

그의 말에 분위기는 삽시간에 얼어붙었다. 드래곤 사회의 대소사를 다루는 문제는 고룡인 에인션트급이 주류를 이뤘고, 아직 젊은 층인 웜급 드래곤은 자신의 역량을 개발하거나, 자신만의 목표를 위해 정신없이 달릴 때였다.

이제 갓 드래곤 사회에서 인정받는 드래곤이 제기한 문제치고는 너무 컸다.

분위기가 냉각되는 기미가 보이자, 금발 엘프 여인이 나서면서 카스피스에게 질문을 던졌다.

"어떻게 웜급 드래곤이 그렇게 중요한 정보를 얻었는지에 대해서는 아무런 언급이 없네요. 확실한 출처를 말씀해 주셨으면 좋겠어요."

"음, 그녀가 따라다니는 인간을 통해 마왕과 만나서 대화를 나눌 수 있었다고 합니다."

"마왕을 만나?"

"확실한 겁니까."

마왕과 대화라는 말에 드래곤들이 곧장 반응을 보였다.

그들에게 있어 마왕은 토벌 대상이었지, 대화를 나누는 존재가 아니었다. 평소 마계에 관심이 많았던 드래곤들은 어느새 제스피아리스를 바라보았다.

"제스피아리스."

"네, 로드."

"그대가 본 걸 자세하게 설명해 주길 바랍니다."

고개를 끄덕인 제스피아리스는 자신이 본 부분을 상세하게 설명하기 시작했다.

하지만 그녀의 설명은 별다른 반향을 일으키지 못했다.

그 이유는 간단했다.

도저히 믿을 수 없는 말의 연속이었던 것이다!

"인간이 마왕을 단 한 수에 무너뜨려? 헛소리도 작작하는군."

붉은 드워프의 빈정거림이었고.

"아무리 그래도 이런 건 좀……."

금발 엘프 여인 또한 고개를 절레절레 저었다.

그만큼 제스피아리스가 하는 말은 현실과 동떨어진 것이었다.

일개 인간이 어떻게 마왕을 쓰러뜨릴 수 있단 말인가. 마왕이 강림할 때마다 그의 호위 병력을 쓰러뜨리는 데 제법 큰 피해를 치러야 했던 드래곤 입장에서는 제스피아리스의 말이 허풍처럼 들렸다.

"나는 저 아이의 말을 믿지 못하겠소!"

급기야 붉은 머리 드워프에게서 불신 어린 외침이 터져 나왔다.

"저도 솔직히 믿기 힘드네요."

그나마 우호적이던 금발 엘프 여인도 부정적인 견해를 드러냈다.

상황은 순식간에 마족과 천족을 경계해야 하는 사안에서 제스피아리스가 한 말이 사실인지 여부를 판가름해야 하는 것으로 바뀌었다.

자신에게 집중되는 눈길에 그녀는 어떻게 말을 해야 할지 몰랐다.

그때 도움을 준 것이 바로 베레아스였다.

"그 부분은 내가 보증하지."

"…정말 믿어도 되는 겁니까?"

레드 드래곤 일족의 최고룡인 베레아스가 나서자, 거침없던 붉은 머리 드워프가 멈칫했다. 드래곤에게 있어 나이는 강함을 의미했고, 지금은 온화해졌지만 베레아스의 성깔은 예전부터 회자될 만큼 유명했다.

순식간에 어린 양으로 바뀐 붉은 머리 드워프를 일별한 베레아스가 금발 엘프 여인에게 말했다.

"제스피아리스가 한 말은 모두 사실이며, 내가 직접 검증을 거친 뒤에 로드에게 보고한 것이니 믿어도 되네."

"그럼 믿겠어요."

금발 엘프 여인도 순순히 납득하자, 분위기는 다시 반전되었다.

'후우!'

자신에게 모여들던 시선이 하나둘씩 떠나가는 게 느껴지자 제스피아리스가 안도의 한숨을 내쉬었다. 그만큼 가슴이 철렁했던 순간이었다.

하긴, 자신도 두 눈으로 목격하고도 쉽게 믿지 못할 정도인데 다른 이들은 오죽하겠는가.

괜한 비난을 받지 않은 것만으로도 그녀는 다행이라고 생각했다.

"그럼 그들을 막을 방안에 대해서 이야기를 나눠보도록 합시다."

분위기가 한결 정리되자, 카스피스가 드래곤들을 다독이며 회의를 주도했지만 뚜렷한 방안은 나오지 않았다.

베레아스가 나서서 직접 보증을 했음에도 믿지 못하는 이가 많았으며, 두 명의 마왕이 숨을 죽이면서 제대로 움직이지 않는 걸 걸고 넘어지면서 별다른 사건이 발생하지 않을 거라고 했다.

그 이면에는 언제든지 그들을 제압할 수 있다는 자신감이 동반되었다.

모든 과정을 지켜보는 제스피아리스는 가슴이 답답해져 옴을 느꼈다.

켈그라인이나 슈크라인 모두 마왕이라고 칭하기에 부족함이 없는 강한 힘을 지녔고, 계획을 추진하는 모습을 보면 치밀하고 빈틈이 없다는 걸 알 수 있었다.

그런데 중간계를 수호하는 드래곤의 모습은 어떠한가.

타성에 젖어 먼저 사건이 일어날 때까지 지켜보자는 말만

되풀이하고 있었다.

'아······!'

마음 같아서는 자리에 일어서서 그들에게 소리를 지르고 싶었다.

이대로는 안 된다고.

더 철저하게 준비를 해야 한다고.

하지만 자신의 말이 먹힐 것 같지 않았다. 그랬다면 문제를 제기했을 때부터 뚜렷한 대책을 내놓기 위해 노력했을 것이다.

자신은 아직 웜급에 불과했고, 이곳에 모인 드래곤 대부분은 에인션트에 들어섰거나 도달했다. 개개인의 힘은 강하지만 과연 하나로 뭉칠 수 있을지 여부에 대해서는 제스피아리스도 확신할 수 없었다.

'이대로는 안 돼. 이대로는 안 되는데······.'

위기의식이 머릿속을 가득 채웠지만 자신이 할 수 있는 일은 없었다.

전신을 지배해 나가는 무력감에 제스피아리스는 어깨를 축 늘어뜨렸다.

회의는 소득 없이 끝났다.

카스피스는 마족과 천족을 대비하기 위해 확실한 다짐을

받고자 했지만 개인적인 성향이 강한 드래곤은 누구도 먼저 앞장서서 감시하겠다고 나서지 않았다.

켈그라인이 처음부터 의도한 게 이것일 수도 있다는 생각이 들었다.

오로지 자기 자신만 위하는 드래곤의 특성.

진실이 알려져도 위기가 닥치지 않으면 움직이지 않는 만큼 알려지더라도 노골적으로 목표를 향해 움직이겠다는 의도인 듯싶었다.

"많이 힘들지?"

"아르카딘……."

제스피아리스는 접근해 온 금발 엘프 청년을 보며 작게 중얼거렸다. 힘이 담기지 않은 그녀의 모습을 보며 아르카딘이라 불린 청년은 미소를 지어 보였다.

"힘내, 아직 확실한 건 아무것도 없으니까 그래. 로드도 그렇고, 각 일족의 어른들도 조만간 확실한 방안을 마련할 거야."

"그래, 그랬으면 좋겠어."

그곳에 한가닥 희망을 걸고 있지만 이럴 때 발동하는 직감은 무서웠다. 결국 아무것도 진행이 되지 않다가 흐지부지될 것 같다는 생각이 머릿속에 가득했다.

"그건 그렇고 유희를 한다며?"

"유희라고 보기에는 어려워. 내게 정보를 준 인간을 쫓아 다니면서 보좌를 하는 역할이니까⋯⋯."

"⋯인간을 따라다녀?"

"내가 말했던 그대로야. 정말 대단한 무위를 지니고 있어. 그를 돕는다면 일이 수월하게 진행될 텐데, 오늘 회의에서 이렇게 소득이 없을 줄은 몰랐어."

"⋯⋯."

푸념하듯 중얼거린 제스피아리스였지만 아르카딘에게서 아무런 대답이 흘러나오지 않았다.

의아한 시선으로 바라보니 그의 표정은 딱딱하게 굳어 있었다. 그러다 제스피아리스의 시선을 느꼈는지 표정을 풀고 웃음을 지어 보였다.

"아아, 아무래도 일이 터져야 움직이는 게 우리 종족의 특성이니까. 그 부분에 대해서는 여유를 갖는 게 아무래도 좋겠지."

"그렇겠지?"

"급해서는 아무것도 안 돼. 너도 어른들을 설득하고 싶으면 확실한 증거를 갖추도록 해. 난 멀리서 네 편을 들고 있을 테니까."

"알았어. 그래도 날 믿어줘서 고마워. 좀 더 열심히 해야 할 것 같아."

"세상에 쉬운 일은 없으니까. 내 도움이 필요하면 언제든지 말하고."

"응……."

힘없이 대답하며 텔레포트로 모습을 감추는 제스피아리스의 모습을 뒤쫓던 아르카딘이었다.

그녀가 모습을 감추고, 홀로 남은 그의 표정은 조금 전과 판이하게 다른 흉신악살 그 자체였다.

"인간이라고? 너와 급이 맞지 않는군."

잔뜩 구겨진 그는 한참 동안이나 인간이라는 단어를 중얼거렸다.

제2장
내부 분열

클레디오 백작의 손에 윈스터 후작이 죽음을 당한 뒤, 둘로
갈라진 제국의 북부는 연일 치열한 싸움이 벌어지는 전쟁터
로 전락했다.

장자인 그리퍼를 대신하여 윈스터 후작을 자처한 레임은
원정군이 자리를 비운 사이 빠르게 권력을 장악했다. 그 과정
에서 그리퍼를 지지하거나 따르던 가신들이 대거 숙청되었
다.

졸지에 아버지를 잃고, 작위마저 빼앗길 위기에 처한 그리
퍼도 순순히 물러서지 않았다. 그는 정통성을 외치며 질렛과

실레반의 보좌 아래 잃어버린 영토를 회복하려는 노력을 기울였다.

두 형제의 피비린내 나는 골육상쟁이 본격적으로 시작되면서 연일 치열한 전투가 이어졌다.

밀고 밀리는 치열한 일진일퇴의 반복.

그 가운데 누구도 주도권을 잡지 못한 채 소모전만 이어지고 있었다.

이대로 상황이 이어지면 좋지 못하다는 것을 그들도 모르지 않았다.

하지만 자칫 한 걸음 더 뒤로 물러나면 그대로 모든 걸 잃을 수 있다는 두려움이 소모전에 임하게 만들었고, 풍요롭던 제국 북부는 빠르게 황폐화되어 갔다.

전체적인 병력의 규모는 원정군을 주축군으로 삼은 그리퍼가 우위를 점했다.

반면 빠르게 윈스터 후작령을 장악한 레임이 더 많은 도시와 지지를 이끌어냈다.

수성의 입장에서 철저하게 농성전을 펼치니, 빼앗으려는 자와 버티려는 자의 조합이 이루어져 끊이지 않는 전쟁이 지속되었다.

그러는 가운데 히드로 2세의 제국 북부 정벌 선언은 그들에게 있어 청천벽력과도 같았다..

그동안 아무런 움직임도 보이지 않던 히드로 2세가 두 형제의 골육상쟁으로 인해 지쳐 버린 제국 북부를 직접 병탄에 나선 것이다.

제국 북부 정벌을 위해 히드로 2세가 동원한 숫자는 무려 삼십만!

둘로 나뉘고, 병력을 소모한 윈스터 후작가 형제가 보유한 병력이 십만 내외인 걸 감안하면 서로 힘을 합쳐도 쉽지 않은 전개가 된 셈이다.

히드로 2세가 직접 친정에 나섰지만 전체적으로 군을 아우르는 것은 카본 대공이었다.

전대 황제에게 하사받은 영토에서 국경을 수호하며 끊임없이 전투를 벌여온 그는 뛰어난 사령관이었고, 동시에 제국 전체에 위명을 떨치고 있는 절대강자의 일인이었다.

히드로 2세의 제안을 받았을 때 카본 대공은 내키지 않았지만 받아들일 수밖에 없었다.

로즈가 황도를 벗어난 사건을 그는 모르는 척할 수 없었던 것이다.

이미 지난 일이기에 히드로 2세 또한 겉으로 내색하지 않았지만 말하는 어조가 딱딱해지는 것은 어쩔 수 없었다.

"잘 부탁드립니다, 숙부님."

"…예, 폐하."

늘 곁에 두던 카이후 글리셴 백작은 황도에 남겨두기로 했다.

이번 친정은 제국 북부 영토를 획득하기 위함도 있지만 히드로 2세가 직접 나서서 자신은 꼭두각시가 아니라 제국을 다스리는 황제라는 걸 보여주기 위함이었다.

이에 카이후는 그를 보좌하며 제국 북부 병탄에 힘을 보태고자 했지만 레디븐 백작이 황도를 비웠다가 쫓겨난 것을 기억하고 있기에 그와 하브리스 공작을 남겨두어 방어를 단단히 했다.

그들을 제외하더라도 카본 대공과 황도의 귀족 중 유능한 참모는 많았다.

단지 권력을 쫓아 자신을 곤란하게 만들었을 뿐, 그 충성의 대상이 자신이라면 얻는 것도 크다는 것을 이번 기회에 확인할 수 있었다.

이미 전력 면에서 우위를 점하고 있고, 엘리멘탈 프로젝트로 전력을 강화한 근위기사단 일부를 대동하였기에 소모전을 반복한 윈스터 후작가 형제가 감당할 수 있는 수준이 아니었다.

참모들은 저마다 충성 경쟁을 하면서 계책을 내놓았고, 히드로 2세는 힘의 우위를 점하면서 꾸준하게 성과를 얻을 수 있는 걸 선택함으로써 회의가 마쳤다.

모두 자리를 비우고 남은 곳에는 히드로 2세와 카본 대공만 자리했다.

　　"……."

　　무거운 침묵이 장내를 뒤덮었다. 로즈가 사라진 것을 알고 있기에 카본 대공은 불편한 기색을 감추지 못한 채 히드로 2세의 말을 기다렸다.

　　"저는 로즈 누님이 사라진 것에 대해 숙부님을 탓하지 않습니다."

　　"죄송합니다, 폐하."

　　"숙부의 마음을 모르지 않습니다. 사촌지간에 혼인이라니. 불가능한 것도 아니지만 갑작스럽게 바뀐 짐의 마음에 혼란을 느낄 법하다고 생각합니다."

　　"……."

　　갑자기 바뀐 히드로 2세의 태도에 카본 대공은 무슨 말을 해야 할지 몰랐다.

　　그가 먼저 화해의 제스처를 취한 것은 반가웠다. 하지만 자신이 본 히드로 2세는 집요한 면이 있었다. 이대로 로즈를 포기할 거라 생각지 않았다.

　　단지 이번 친정에서 불화가 일어나지 않도록 봉합하는 것이라고 여겨질 뿐이었다.

　　"물론 로즈 누님을 포기한 것은 아닙니다. 단지 지금 그 사실을 수면 위로 부상시켜 친정에 방해가 되면 안 된다고 생각했을 뿐입니다."

"무슨 말씀을 하고 계신지 알겠습니다."

"이번 친정은 또 다른 전환점이 될 수 있습니다. 짐은 숙부의 능력을 믿습니다. 부디 과거에 연연하지 않고 짐을 취해 최선을 다해주세요."

히드로 2세가 이렇게 나오는 더 이상 그가 할 수 있는 부분은 없었다.

자리에서 일어난 카본 대공이 정중하게 예를 취하며 말했다.

"명을 받들겠습니다, 폐하."

천족의 왕이라 칭해지는 천왕은 눈이 멀어버릴 것 같은 미모의 소유자였다.

치렁치렁한 금발과 새하얀 피부, 남자인지 여자인지 분간하기 힘든 미모는 그야말로 천상의 것이라 해도 부족함이 없었다.

무엇보다 그가 발산하는 순백의 기운은 지켜보는 것만으로 마음을 안정되게 만드는 효과를 낳았다.

황도에서 쫓겨나고, 졸지에 히드로 2세와 윈스터 후작에게 포위된 레디븐 백작은 내색하지 않았지만 불안감의 연속이었다.

당장 그들이 마음을 바꾼다면 멸망을 당하는 게 자신이 되니까.

그것을 극복하고자 필사의 노력을 기울였고, 로운 후작가에 굽히는 모양새가 되더라도 도움을 청해서 윈스터 후작을 죽이는 데 성공했다.

굴욕적이면 어떻고, 모양이 빠지면 어떤가.

그토록 강한 성세를 구가하던 윈스터 후작은 죽고 아들들은 권력 다툼을 하고 있다. 살아남은 자신은 여전히 기회를 엿볼 수 있으니 결코 손해가 아니었다.

그리고 천왕이라는 존재가 앞에 나타난 이상, 레디븐 백작은 어떠한 걱정도 하지 않았다.

"걱정할 필요 없습니다. 모든 것은 당신의 믿음에 따라 달라질 것입니다."

"…감사합니다."

그 말만으로 그동안 자신이 해온 모든 걱정이 씻겨 나가는 기분이었다.

레디븐 백작은 절로 다리가 후들거리는 것을 느끼며 고개를 깊이 숙였다.

진심이 우러나오는 그 태도에 천왕은 부드럽게 미소를 지어 보였다.

"당신의 간절한 바람은 전해졌습니다. 남자에게 야망은 반드시 필요한 것이라, 당신은 원하는 것에 도전할 자격을 갖췄습니다. 제 힘이 필요하다면 기꺼이 도움을 드리겠습니다."

"……."

레디븐 백작은 대답하지 않았다. 그것은 자존심의 발로가 아니라, 감사의 마음을 담은 진정한 경배였다.

이러면 어떻고 저러면 어떠랴.

마음 깊숙한 곳 야망은 사그라들지 않았지만 그의 음성을 듣고 위안을 얻는 것만으로도 마음이 편안하게 가라앉는 듯했다.

"당장은 도움을 드리기 힘들지만, 곧 도와드릴 계기가 생겨날 것입니다. 그때까지 기다려 주시길."

"그것만으로도 충분합니다. 감사합니다."

"천만의 말씀을."

아무 말도 하지 않았지만 레디븐 백작은 자연스럽게 예를 취한 뒤 물러났다. 짧은 만남이었지만 모든 근심 걱정을 잊을 수 있는 순간은 마약처럼 끊을 수 없는 지독한 중독성을 지니고 있었다.

"…괜찮으십니까, 주군?"

밖에서 그를 기다리고 있던 제이안이 걱정스러운 표정으로 레디븐 백작을 바라보았다.

"괜찮다."

"천왕은 어떻습니까?"

"대단하더군. 내 마음속에 있는 모든 것이 안정되는 걸 느꼈다."

다시 한 번 그 순간을 떠올린 레디븐 백작은 감격에 벅차 몸을 떨었다.

"…천왕은 위험합니다. 신의 사도로 알려져 있지만 그들의 행보는 절대 인간을 위한 것이 아닙니다. 주의하셔야 합니다, 주군."

제이안은 천왕에게 지나칠 정도로 호의적인 레디븐 백작이 걱정되었다.

천왕의 소환에 임한 것은 이미 인간의 한계를 뛰어넘은 로운 후작가의 행보를 견제하기 위함이었다.

하지만 그 이면에는 천왕의 매혹에 넘어가지 않을까 하는 걱정이 도사렸다. 인간의 위에 군림하고 있는 그들의 존재는 자칫 호랑이를 집 안으로 들이는 격이 될 수 있다고 여긴 것이다.

"주의하고 있다. 앞으로 더 주의를 하면서 그의 힘을 이용해야겠지."

"……."

대수롭지 않게 말하는 그의 모습에 오히려 더 큰 불안감을 느끼는 그였다.

과연 레디븐 백작이 천왕을 이용할 수 있을까.

주군의 역량을 의심하는 것은 아니지만 지나칠 정도로 호의적인 면모는 이미 마음 깊숙한 곳에 불안감을 싹트게 만들었다.

"난 아무렇지 않다. 이미 그 부분에 대해서 주의를 기울이지 않았나. 그러니 너무 걱정하지 말고 천왕의 힘을 어떻게 적재적소에 이용할지 고민하도록."

"예, 주군."

현재로서는 별다른 변화가 느껴지지 않았다. 입술을 지그시 깨문 제이안은 고개를 숙이며 힘차게 대답했다.

"…죄송해요."

로운 후작가로 복귀한 제스피아리스가 티엘에게 고개를 숙여 사과했다.

카스피스가 드래곤 회의를 소집하면서 그녀는 자신있었다.

드래곤의 협력을 끌어내어 마족과 천족을 견제하는 데 힘을 보태겠다고. 그렇게 되면 티엘의 부담이 줄어들고 좀 더 자유롭게 상황을 파악할 수 있을 거라 여겼다.

하지만 결과는 실패였다. 드래곤의 개성은 너무나도 강했고, 그들은 자기 자신만을 위했다.

오히려 자신보다 더 그들을 잘 파악하고 있는 모습에서 제스피아리스는 전율을 느꼈다.

티엘은 이 모든 것을 계산하고 움직였다는 걸 의미했으니까.

처음부터 드래곤의 도움을 원하지도 않았고, 독자적으로 움직이는 모습에서 중간계 수호자를 자처하는 자신에게 깊은 부끄러움을 느꼈다.

"어차피 기대도 하지 않았으니 미안할 필요도 없다."

"하아!"

"그렇게 자신만만한 모습을 보이더니, 한 방 먹었나 보군."

"그걸 부인할 수 없어서 더 슬프네요. 같은 종족이지만 이렇게 이기적인 모습을 보일 줄은 몰랐으니까요."

"드래곤이 원래 이기적이긴 하지."

"그래도 이건 아니잖아요! 명색이 중간계 수호자라고 자처하는데!"

저도 모르게 목소리를 높였지만 그것을 자각하지 못할 만큼 제스피아리스는 흥분한 상태였다.

그만큼 드래곤 회의에 대한 기대감이 컸고, 상황을 어렵지 않게 종료시킬 수 있으리라 자신했었다.

기대가 크면 실망도 큰 법.

예전부터 내려오던 말이 이렇게 와 닿을 줄은 그녀도 미처 깨닫지 못했다.

"그렇다고 달라진 건 없어. 그 부분은 생각도 하지 않고 있었으니까. 오히려 드래곤들이 달려들면 내 계획에 차질이 생겼겠지."

"대체 어떤 계획을 세우고 있죠?"

드래곤이 협력한다면 중간계 전체에 감시망을 설치하는 것도 가능하다. 그것은 아무리 마족과 천족이 몰래 잠입하려고 해도 피할 수 없는 촘촘한 그물이다.

다만 그것을 유지하기 위한 마나 소모가 만만치 않고 귀찮음을 감수해야 했기에 드래곤 누구도 나서지 않은 것이지만.

"조기에 종결을 지어버리면 몸통을 칠 수가 없지. 마왕들은 어느 정도 속내를 드러냈지만 난 그것을 믿을 정도로 순진하지 않아."

"그럼 전 그걸 믿을 만큼 순진하다는 건가요?"

"적어도 그들의 말을 믿고 드래곤들에게 알려 실망하고 돌아왔지."

"……."

바로 전에 겪은 일이니 할 말이 있을 리 없었다.

침묵하는 제스피아리스를 보며 피식 웃은 티엘이 말을 이어나갔다.

"예정대로 일이 진행되어 마황이 중간계에 모습을 드러낸다면 재미있겠지."

"재미있긴 뭐가 재미있어요!"

"과연 천족들이 이대로 지켜보기만 할까?"

"에?"

목소리를 높이던 제스피아리스는 뭔가 이상한 기류를 감지하고 멈칫했다.

티엘은 말을 멈추지 않고 이어나갔다.

"천족이 마황이 강림하는 걸 보고 지켜보고 있을 것 같냐고."

"그 말은 설마……."

"아마 그에 상응하는 존재가 세상에 나타나겠지."

마왕과 견줄 수 있는 게 천왕이라면 마황과 대적할 수 있는 것은 천황이다.

천계를 수호하며, 신들과 직접 소통할 수 있는 신에 가장 근접한 존재.

그제야 티엘이 그리는 그림의 윤곽을 파악한 제스피아리스는 비명을 지를 뻔한 입을 간신히 틀어막을 수 있었다.

"…그런 일은 절대 일어나서는 안 돼요."

"일어나서는 안 되겠지만, 곪은 상처가 터지지 않으면 더 심하게 번지게 마련이지."

"중간계를 뒤집어놓을 생각인가요?"

"얼마든지."

자신이 나서지 않더라도 이미 굴러가기 시작한 눈덩이는 점점 덩치를 부풀려 나가고 있었다.

미온적인 태도를 보이는 드래곤과 마황의 지시에 충실히 따르고 있는 마왕들. 그리고 이미 강림했을 몇몇 천왕의 존재.

이 퍼즐이 하나로 조합된다면 중간계는 태곳적 빛과 어둠으로 갈라진 신들의 전쟁 이후 가장 큰 변화를 맞이하게 될 것이다.

"나는 당신이 왜 이런 발상을 하는 건지 이해할 수 없어요."

"…이미 한 차례 겪어본 전투에서 전부가 아님을 깨달았기 때문이지."

"뭐라고요?"

"한판 벌일 거면 제대로 겨뤄보는 게 재미있을 것 같지 않나?"

입꼬리를 말아 올리는 티엘에게서 전해지는 호승심에 제스피아리스가 더 참지 못하고 소리를 질렀다.

"미쳤어. 당신은 미쳤어!"

"틀린 말은 아니로군."

순순히 수긍하는 그를 보며 더 참지 못한 그녀가 자리를 벗어났다.

그 뒷모습을 물끄러미 바라보던 티엘이 가볍게 어깨를 으쓱였다.

"때 묻지 않은 드래곤들이 나설 만큼 사안이 가볍지 않다는 걸 아직 모르나 보군."

이미 그녀도 빠져나올 수 없는 그물로 뛰어든 상황이었다.

티엘의 협박에 의해 로운 후작가에 종사하게 된 헤수스 남작은 수동적이었지만 금세 자신의 역할에 적응하고 능력을 펼치기 시작했다.

마음이 내키지 않는다고 했지만 주어진 일을 보면 참지 못하는 것이 그 또한 천생 책사였다.

네 명의 책사가 서로 맞물리면서 빈틈없이 가문의 방향을 결정하는 모습은 완전한 자유를 원하는 티엘을 흡족하게 만들었다.

굵직한 사안은 자신에게 올라오지만 조금 더 경험이 쌓이면 자신이 없더라고 가문은 원활하게 돌아갈 수 있을 듯했다.

"황제의 친정에 관심을 두셔야 합니다, 주군!"

"왜지?"

"제국 북부를 손에 넣게 되면 황제가 시선을 돌릴 곳은 동부이고, 그다음은 본가일 확률이 높기 때문입니다."

히드로 2세의 친정 소식을 들은 토릭슨은 누구보다 민감하게 반응했다.

권력을 쥐고자 하는 히드로 2세는 황도를 손에 넣으면서 목표를 이루었지만 여전히 만족을 못하고 있다.

그가 많은 인구와 풍부한 물자를 자랑하는 제국 북부를 병탄하고자 나선 이유는 뻔했다.

진정한 제국의 황제가 되기 위해서.

그런 점에 있어 티엘은 가장 큰 방해자임과 동시에 윈스터 후작이라는 충신을 표방한 걸림돌을 제거해 준 든든한 조력자였다.

"걱정할 필요는 없다고 보는데, 아니었군."

"황제는 끊임없이 본가의 틈을 노리려고 할 것입니다."

"그래서 하고자 하는 건?"

"제국 북부 병탄 과정을 방해하는 것입니다."

"계책은 있나?"

"재가가 떨어지면 즉시 실행할 예정입니다."

토릭슨이 자신만만하게 대답했다.

윈스터 후작가를 둘로 붕괴시킨 것도 그의 작품이었다. 가진 두뇌로 절대적인 강함을 자랑하던 가문까지 몰락시킨 그의 계책은 제국 전체를 손에 올려놓고 좌지우지한다고 해도 과언이 아니었다.

하지만 티엘은 고개를 저어보였다.

"아니, 됐다."

"예?"

"이미 대세는 황제에게 흘러갔는데 수작을 부릴 이유가 있나? 어차피 잡음이 만만치 않을 텐데."

"그렇지만 방해를 하면 황제가 남쪽으로 눈을 돌리는 시기를 훨씬 뒤로 늦출 수 있습니다."

최소한의 위험 요소를 피하고, 가급적 시기를 늦추는 것이 좋았다. 강한 그의 주장에 다른 책사들도 동의하는 기색을 보였다.

하지만 그 모습에 티엘은 피식 웃으며 그를 불렀다.

"토릭슨."

"예, 주군!"

"내가 앞으로 몇 살까지 살 것 같지?"

"……."

토릭슨은 침묵했다. 그가 말하는 게 무엇인지 알 수 있었던 것이다.

"문제를 내지. 황제가 오래 살 것 같나, 내가 오래 살 것 같나?"

나이는 티엘이 더 많다.

하지만 수많은 귀족에게 둘러싸여 매일 권력 다툼을 하고, 정무에 시달리는 황제가 오래 살 것인가, 아니면 일을 모조리 가신들에게 떠넘기고 탱자탱자 놀면서 절대강자의 반열에 올라선 티엘이 오래 살 것인가는 너무나 간단한 문제였다.

"…죄송합니다. 제가 너무 앞서 나갔습니다."

"내가 후작위를 오랫동안 머물지 않더라도 존재감이 사라지는 건 아니지. 황제가 미치지 않고서 과연 내가 있는 동안 가문을 넘볼 수 있을까? 그럴 수 없다고 단호하게 말할 수 있다."

평소처럼 말을 하고 있지만 그 속에는 강한 힘이 실려 있었다. 책사들 모두 고개를 끄덕여 그의 의견에 수긍했다.

마왕을 무찌른 티엘은 이미 인간의 경지를 벗어난 강자였다.

"너희가 해야 할 일은 오래 되지 않은 가문의 입지를 반석 위에 올려놓는 것이다. 황제와 대립하고 있다고 해서 그걸 노골적으로 드러내면 윈스터 후작가보다 더한 꼴을 당할 수 있다는 걸 알아두도록."

겉으로 드러내길 윈스터 후작가는 충신 그 자체였다. 하지만 그가 사라지기 무섭게 가문은 붕괴되었고, 히드로 2세는 제국 북부 안정이라는 명분 아래 군을 진군시켰다.

이렇게 겉으로도 충신 흉내를 내는 가문이 침공당하는데

60 레드 크로니클

노골적으로 적대한다면 언제 어느 순간 명분을 들이대면서 공격해 올지 알 수 없다.

티엘이 말하는 의도를 알아차린 책사들은 모두 고개를 끄덕였다.

"죄송합니다. 제가 생각이 짧았습니다."

"생각이 짧을 리는 없지. 단지 황제를 너무 적으로 규정할 필요가 없다는 뜻이다, 토릭슨."

"예, 명심하겠습니다."

주어진 상황이 명백하기에, 고려해야 할 사안이 많기에 벌어진 사소한 실수일 뿐이다. 하지만 그가 뛰어난 책사인 이상 두 번 다시 같은 실수는 반복하지 않을 터였다.

"흡족하게 자기 역할을 하는 것에 만족하고 있다. 앞으로도 노력을 기울이도록."

"예! 주군!"

그들 모두 우렁찬 목소리로 대답했다.

토릭슨에게 격려가 아닌 질책을 했지만 티엘의 마음은 흡족했다.

'이제 떠날 날이⋯ 멀지 않았군.'

확실히 가문은 자신이 의도한 방향으로 움직이고 있었다.

그것이 좋은 일일지 나쁜 일일지는 확신할 수 없다.

한 가지 분명한 건 그 부분을 보완해야 하는 게 자신이 아닌 후대가 해야 할 일이라는 것 정도였다.

"자주 좀 찾아오세요. 매일 바쁘고 보기는 힘들고."

크레티아는 입술을 삐죽이며 오랜만에 본 티엘에게 투정을 부렸다.

예전에는 그렇지 않았지만 어린아이처럼 곧잘 투정을 부리는 그녀를 보며 티엘은 피식 웃었다.

"일이 바쁘다 보니 별수 없군."

"그래도요. 아이도 있고, 이제 가문도 안정되고 있는데 너무 바쁜 것 아니에요? 같이 좀 놀러가고 즐겁게 시간을 보내고 싶은데."

크레티아가 원하는 게 다른 여인들도 원하는 것임을 그는 모르지 않았다. 그러고자 노력을 하고 있지만 쉽지 않은 것도 잘 알았다.

"노력을 해야지."

"저희는 노력할 준비가 되었어요! 후작님만 노력해 주시면 돼요!"

"미리 준비했던 건가."

"…그럴 리가요."

아니라고 했지만 천장을 바라보는 그녀의 모습에서 미리 준비했음을 간파하는 게 가능했다.

뻔히 보이는 속내였지만 이렇게 티격태격 말을 주고받는 것이 그리 기분 나쁘지는 않았다.

"아직은 때가 아니고 조금, 아주 조금 더 시간이 필요해."

"네, 제가 한 건 말 그대로 투정일 뿐이에요. 저도 부담 갖는 걸 원하지 않아요."

진지한 그녀의 표정에서 느껴지는 진심에 티엘도 고개를 끄덕였다. 그러면서 자신이 참 무심한 사람이라는 것을 깨달았다.

'이걸 이제야 느끼게 되었던가.'

무심코 스쳐 지나간 감정이었지만 알아차리는 것은 결코 쉽지 않았다.

자신의 변화에 티엘은 쓰게 웃었고, 괜히 그에게 걱정거리를 얹은 것이 아닐까 싶어 크레티아가 조심스럽게 눈치를 살폈다.

"실수한 건 없으니 눈치 볼 필요는 없다."

"…정말 그런 거죠?"

"아아, 잠시 다른 생각이 났을 뿐이다."

"설마 다른 여자는 아니겠죠? 그 예쁜 엘프라든가, 새로 온 마법사라든가 말이죠."

말투에 날이 서 있는 것을 보니 다분히 의식하고 있는 게 느껴졌다. 드래곤인 제스피아리스를 경계하는 모습에 티엘은 미소를 지으며 의미심장한 말을 남겼다.

"어떨지 모르겠군."

"안 돼요! 엘프는 안 된다고요!"

그의 낚시에 넘어간 크레티아가 화들짝 놀라면서 목소리를 높였다.

지금 당장 로웰린과 카롤리나라는 연적이 존재하고 있다. 제국사대미녀의 일원이었던 그녀들의 미모는 출중하여 잠시도 방심할 수 없는 것이 현재 삶이었다.

그런데 자신은 물론 그녀들을 모두 누를 수 있는 절대적인 미녀가 나타났다.

게다가 무려 엘프다!

수백 년 동안 살아가며 늙지도 않는 엘프가 연적이 되면 이보다 더한 재앙은 없었다.

언급하지는 않았지만 혹여 그녀가 네 번째 부인이 되지 않을까 전전긍긍한 게 한두 번이 아니었다.

자연히 티엘을 보는 그녀의 눈에 예기가 서렸다.

"그런 관계는 아니니 걱정할 필요는 전혀 없다."

"정말이죠?"

"물론."

"정말, 정말이죠?"

"그래."

"정말, 정말, 정말이죠?"

"…언제까지 같은 대답을 해야 하지?"

"아니, 저는 전혀 의심하지 않았어요. 로웰린 언니가 많이 불안해해서요."

세 번까지 같은 대답을 하게 되자, 티엘의 미간이 찌푸려지기 무섭게 웃음을 지으며 떠넘기는 크레티아였다.

"내 마음이 변할 이유는 없으니 안심해도 좋다."

"후작님을 믿지 않으면 누굴 믿겠어요."

믿음직한 그의 목소리에 크레티아는 환한 미소를 지어 보였다.

크레티아와 담소를 나눈 뒤, 로웰린과 카롤리나에게 차례대로 방문했던 티엘은 자신의 가슴 깊숙한 곳으로 파고드는 감정을 느끼며 혼자의 시간을 가졌다.

"가족이라……."

묘한 울림을 지닌 단어였다.

자신이 과거로 돌아오고, 목표로 삼은 것도 가족의 행복이었다.

검에 미쳐서 가문을 내팽개치고 불행한 삶을 살아야 했던 가족들. 그들을 행복하게 만들어줄 수 있도록 기회를 준 것에 감사했고, 어머니 마리아의 바람이었던 가문을 제국 최고의 가문으로 올려놓았다. 그리고 말년에 불행했던 여동생을 믿음직한 남자와 결혼시키고, 어디 가서 위축되지 않는 배경을 만들어주었다.

모든 것이 승승장구했지만 무미건조한 면은 없지 않아 있었다.

그것이 무엇인지 알지 못했지만 혼인을 하게 되고, 부인과 자식을 얻으면서 모두 채워 넣을 수 있게 되었다.

사랑스러운 부인, 그리고 자식들.

이들을 놓칠 수 없다는 미련이 자꾸만 생겨난다.

아직도 부인을 사랑하는지 티엘은 스스로 확신하지 못했다.

너무나 무미건조한 삶을 살아왔던 그는 감정이 마모되어 스스로의 기분조차 확신을 내릴 수 없게 되었으니까.

하지만 적어도 자신의 가족들을 지켜야 한다는 생각은 갖게 되었다.

그 안위를 위협하는 것이 설사 신이라 할지라도.

"그런 점에 있어서 난 최악이군."

제스피아리스와 나눴던 대화가 머릿속을 맴돌았다.

굳이 마족과 천족, 그들을 중간계로 불러들여서 전쟁의 크기를 키워야 할 필요가 있을까?

가족의 안전을 도모한다면 지금 벌이고 있는 행동은 미친 것에 지나지 않았다.

일을 벌일 때는 알지 못했으나, 점점 상황이 커져가는 것을 보고, 가족들과 시간을 보내면서 확신을 얻을 수 있었다.

그렇다고 이제 다시 뒤로 물리기도 어려운 상황.

가족의 안위와 해야 할 일, 두 가지를 놓고 생각이 꼬리에 꼬리를 물고 이어지면서 그를 괴롭힐 무렵, 날카로운 기운이 감각을 파고드는 게 느껴졌다.

"이건……."

냉정을 되찾은 티엘의 눈에 날카로운 이채가 스쳐 지나갔다.

익숙한 이 기운을 다시 접하게 될 줄은 몰랐다.

눈을 감고 감각을 확장하자, 주변 일대 전체를 영역으로 둘 수 있었다. 그리고 자신을 향해 명백한 적의를 발산하는 존재를 찾으려 들자, 순식간에 위치와 기질이 파악되었다.

"확실하게 밟아놓지 않으면 골치 아픈 녀석이 제 발로 찾아왔군."

만족의 연속이었다.

입꼬리를 말아 올린 티엘이 자리를 박차는 순간, 그의 신형이 흐릿해지면서 그대로 자취를 감추었다.

로운 후작가를 향해 기세를 발산한 아르카딘의 입매는 비틀려 있었다.

이 정도 기운도 감지 못하는 벌레라면 그다음은 헬 파이어 한 방으로 가문 전체를 불태워서 자신의 방문을 알릴 생각이었다.

"…그럴 필요는 없나."

자신이 있는 곳으로 쇄도하는 한줄기 신형을 감지 못할 그가 아니었다.

잠깐의 시간이 자나자, 바로 근처로 접근했고 곧이어 육안으로 확인할 수 있는 거리에 들어왔다.

"네가 제스피아리스와 같이 다니는 인간이로군."

티엘을 본 아르카딘이 처음 한 말이다. 담담하지만 그 속에 깃든 적의는 몇 단계 낮은 이들을 질식하게 만들 만큼 강렬했다.

"만나서 반갑다, 드래곤."

"내가 누구인지 아나?"

단번에 자신의 정체를 꿰뚫어 보자, 아르카딘의 눈에 이채가 스쳤다. 하지만 그것도 잠시, 금방 사그라들었는데, 제스피아리스와 함께 다니니 드래곤을 알아보는 것 정도는 어렵지 않으리라 여겼다.

하지만 그다음 이어진 말에 아르카딘의 미소는 씻은 듯 사라질 수밖에 없었다.

"골드 드래곤 아르카딘을 모를 리 없지."

"…내 이름을 알아?"

"알고말고."

전생에 마족들과의 전쟁에서 대놓고 깽판을 쳤던 골드 드래곤 아르카딘, 그의 지긋지긋한 방해를 떠올린 티엘은 살벌한 미소를 지었다.

아르카딘과의 악연은 별다를 것 없는 것에서 시작되었다.

공간검이 얇아진 차원의 벽을 허물면서 다수의 마수가 모습을 드러냈고, 곧이어 마왕이 속속 중간계에 강림했다.

당시 모든 일의 원흉이었던 티엘은 자신이 일을 벌인 것을 쏙 빼놓고 앞장서서 전투를 치렀는데, 인간의 힘으로 마족의 침공을 막아내는 것은 역부족이었다.

그때 나선 것이 수호자를 자처하는 드래곤이었다.

전쟁에 적극 개입한 드래곤의 존재로 전쟁에서 승리할 수 있었다.

그 과정에서 아르카딘이 벌인 행태는 눈을 뜨고 볼 수 없을 정도였다.

드래곤 외 모든 생명체를 하찮은 미물 취급하는 그는 드래곤보다 더 강한 무위를 지닌 티엘을 질시했고, 어떻게든 훼방을 놓고자 안간힘을 썼다.

이러한 행동을 처음에는 무시하고 넘어가려고 했지만 시간이 지날수록 도를 넘는 행동이 이어지자, 실력 행사에 들어갈 수밖에 없었다.

처참하게 당한 아르카딘은 끝까지 자존심을 굽히지 않았고, 오히려 티엘을 마족 소환의 원흉으로 몰아넣으려고 했다. 단순한 모함이었지만 그것은 진실이었고, 그로 인해 티엘은 드래곤과 적대 관계를 맺으며 전쟁을 치러야만 했다.

과거의 악연으로 인해 천족과 전투에서 숱하게 죽을 위기를 넘겨야만 했던 티엘이 아르카딘을 보는 눈이 고울 리 없었다.

오히려 입꼬리를 말아 올리며 조금 있다 벌어질 광경을 즐기고자 했다.

"뭐냐, 왜 날 보고 웃지?"

"보고 싶었다. 꼭 보고 싶었다고 하면 내 마음을 이해할 수 있을까?"

"……."

의미심장한 미소에 아르카딘은 섬뜩한 느낌을 받아야만 했다. 결코 유쾌하지 않은 기분에 표정을 일그러뜨렸지만 이대로 물러날 수는 없었다.

상황이 어떻게 흘러가던 오늘 찾아온 이유는 건방진 인간을 교육시키는 것이다.

"하찮은 인간이 나대는 꼴이라니. 네놈 때문에 우리 일족 수십이 움직여야 했다."

"마왕의 동태를 알려줬는데 고맙다고 사례는 못할망정 따지다니. 중간계 수호자치고 너무 옹졸한 게 아닌가 싶군."

"뭐라고?"

대놓고 빈정거리는 행태에 아르카딘이 두 눈을 부릅뜨며 드래곤 피어를 발산했다. 종족의 '격'을 드러냄으로써 단숨에 기세를 꺾어놓으려는 심산이었다.

"예나 지금이나 다를 바 없군."

콰지직!

티엘이 코웃음 치기 무섭게 드래곤 피어는 허공에서 산산조각이 났다. '격'을 논하기에는 그가 짊어진 인과의 무게가 결코 가볍지 않았다. 이 정도도 감당하지 못할 것이라면 애초에 선택조차 하지 않았을 것이다.

"이건……."

"화내기 전에 하나 묻지, 왜 날 찾아왔지?"

한 번쯤 꼭 만나고 싶었지만 단순히 제스피아리스가 발의한 내용만으로 자신을 찾아오기에는 아르카딘은 지나치게 인간을 무시했다. 이 정도 수고로움마저도 하지 않을 성향을 감안할 때, 오늘 이 자리에 나타난 이유가 무엇인지 알고 싶었다.

당당한 그의 질문에 아르카딘이 눈살을 찌푸렸지만 방금 전처럼 함부로 힘을 발산하지 않았다.

눈앞의 녀석이 적어도 호락호락한 벌레가 아니라는 것 정도는 알게 되었다.

"제스피아리스를 이용하지 마라, 인간."

"…뭐라고?"

"네놈에게 이용당할 그녀가 아니지만 그조차도 불쾌하다. 네 주제를 알고 행동해라."

"……."

순간 무슨 말을 하는 것인지 이해하지 못하던 티엘은 그의 말이 무엇을 의미하는지 깨달을 수 있었다.

"제스피아리스를 좋아하는군."

"닥쳐라!"

격렬하게 발산하는 분노에 티엘의 입꼬리가 말려 올라갔다.

그는 애당초 드래곤인 제스피아리스에게 관심도 없었지만 아르카딘이 반응을 보이는 게 무엇 때문인지 알아차린 이상 단물을 쪽쪽 뽑아먹을 생각이었다.

"확실히 예쁘기는 하지. 드래곤의 취향에 대해서는 모르지만 폴리모프한 모습을 보면 반하지 않고서 못 배길 정도니까."

"인간!"

콰콰콰콰콰!

무시무시한 피어가 주변 일대를 휩쓸더니 그대로 티엘에게 집중되었다.

방심하면 그대로 압사할 만큼 매서운 기세의 폭풍이 아닐 수 없었다.

하지만 티엘은 뒤로 한 걸음 물러나는 것으로 어렵지 않게 여파를 피했다.

"과민반응 하는 걸 보니 사실인가 보군."

"그 입을 다물지 않으면 당장 찢어서 오크 먹이로 주겠다."

"내 감상조차 말하지 못하게 할 거면 뭣하러 물어봤지?"

"네놈을 언데드로 만들어 괴롭혀 주겠다!"

쾅!

아르카딘이 손을 뻗기 무섭게 대기가 폭발하며 요란한 폭음이 울려 퍼졌다.

골드 드래곤은 바람과 밀접한 존재.

의지를 일으켜 자유자재로 마법을 시전할 수 있는 그들의 압도적인 무위는 초월적인 존재라고 봐도 무방했다.

하지만 티엘은 아르카딘의 공격을 유유히 피했다.

이미 전생에 숱하게 충돌했던 만큼 아르카딘의 공격 패턴을 꿰뚫어 보는 것은 어렵지 않았다.

아니, 오히려 전생보다 훨씬 못한 모습을 보여주고 있었다.

"그렇게 말하는 것치고 그리 대단한 것 같지 않은데."

"이이! 이익!"

사사건건 신경을 건드는 어조에 아르카딘의 얼굴이 붉게 달아올랐다.

마음 같아서는 당장 찢어 죽였을 녀석이지만 자신의 공격을 유유히 피하는 모습은 여태까지 보아온 벌레 같은 인간이 아니었다.

손을 뻗어 티엘 주변 공간 전체를 폭발시키려던 순간, 면전에 도달한 힘을 느낀 그가 방어막을 발동했다.

꽈앙!

"큭?"

둔중한 충격이 휩쓸자, 비틀거리며 물러난 아르카딘의 얼굴에 경악이 번졌다.

"이 정도는 막아내는 걸 보니 드래곤이 맞나 보군."

이죽거리는 모습을 보는 순간, 이성이 끊기는 걸 느낀 아르카딘이 일갈했다.

"죽여 버리겠다!"

화아아악!

무시무시한 불길이 휩몰아치면서 작은 태양의 모습을 형성했다. 지옥의 불꽃이라고 칭해지는 헬 파이어였다. 드래곤의 분노가 뒤섞인 그 마법은 인간이 시전하는 것과 차원이 다른 크기와 열기가 도사리고 있었다.

"네놈의 모든 것을 앗아가 주지."

"…그건 곤란하지."

자신이 벌이는 일과 가족들의 행복 사이에서 고민하던 것이 불과 방금 전이었다. 그런 일만큼은 절대 일어나지 말아야 했기에 티엘은 오른손을 앞으로 뻗었다.

어느새 쥐어진 검은 그의 의지와 하나가 되어 그대로 헬 파이어를 꿰뚫었다.

파사사!

"이, 이게 무슨……."

"아무래도 우리는 좀 더 깊은 이야기를 나눠야 할 것 같군."

전생에서도 마음에 들지 않았지만 지금 보이는 태도는 더더욱 마음에 들지 않았다.

검끝이 목 부근에 있는 드래곤 하트로 향하자, 본능이 울리는 경종에 아르카딘이 재빨리 뒤로 물러났다. 티엘이 그 뒤를 쫓으며 빠른 속도로 가문이 있는 곳과 멀어지기 시작했다.

제3장
개입

일정한 거리를 유지한 채 둘이 도착한 곳은 아무것도 존재하지 않는 허허벌판이었다.

그때까지 아르카딘을 위협하던 티엘은 돌연 멈춰서며 말했다.

"이 정도가 적당하군."

"네놈이 무서워서 도망쳤다면 오산이다."

"그럴 리가. 위대한 드래곤이 어디 일개 인간이 무서워서 도망가나, 안 그래?"

"네놈이⋯⋯."

끝까지 신경을 긁는 어조가 아닐 수 없었다. 흉악하게 일그러진 아르카딘의 주변으로 칼바람이 휘몰아쳤지만 티엘의 눈에는 자신의 몸집을 부풀려 약함을 가리려는 행동으로밖에 보이지 않았다.

파앙!

손을 뻗기 무섭게 가죽 북이 터지는 소리와 함께 티엘의 몸이 멈칫했고, 아르카딘의 몸이 거세게 흔들리면서 뒤로 밀려났다가 다시 원래대로 돌아왔다.

두 쌍의 눈이 허공에 마주쳤지만 온도 차이는 극명했다.

아르카딘의 표정이 눈에 띄게 일그러졌지만 티엘에게는 변화가 없었다.

하찮은 인간!

벌레처럼 여기며 마음만 먹으면 언제든지 죽일 수 있는 존재가 인간이었다.

그런데 지금 상황은 무엇이란 말인가.

현실을 인정할 수 없지만 눈앞에 펼쳐진 적나라함에 아르카딘은 머릿속이 뒤죽박죽 헝클어지는 것을 느꼈다.

이대로는 안 된다.

"죽여 버리겠다!"

꽈릉! 꽈과광!

일갈이 터지기 무섭게 주변 일대에 벼락이 내리치기 시작했다. 눈앞의 인간이 펼치는 잔수작이 아예 몸에 도달하지 못하게 만들기 위함이다.

하지만 그 모습을 바라보는 티엘의 눈에는 한심함이 서렸다.

아르카딘이 과거와는 다르다는 것 정도는 알고 있었지만 이건 정도가 너무 심했다.

"…이 정도일 줄 몰랐군."

제대로 된 전투조차 치르지 못하는 모습에 어떠한 의욕도 들지 않았다.

어느새 티엘의 손에 들린 검 한 자루가 푸른빛에 휩싸이며 쇄도했다. 금빛 뇌전이 연이어 내리쳤지만 검은 끄떡도 하지 않았다.

쩌엉!

거센 충돌음이 울려 퍼졌다. 하지만 허공에 흩어지는 것은 금빛 뇌전이었다. 아르카딘이 펼치는 공격을 연이어 튕겨낸 검은 그대로 그의 지척에 접근했다.

픽!

양손을 교차하며 막으려고 했지만 둔탁한 소리와 함께 몸이 끈 떨어진 연처럼 날아갔다.

가까스로 균형을 잡은 그의 두 눈에는 경악이 가득했다. 자신이 어떤 수를 써도 상대를 제압하기 힘들다는 것을 그제야 깨닫게 되었다.

어떤 수를 써도 할 수 없다면 남은 방법은 단 하나뿐이었다.

우웅! 우우웅!

마나 파동이 일어나면서 그대로 휘황찬란한 빛이 전신을 휘감았다. 폴리모프 상태에서 상대할 수 없다는 걸 깨닫기 무섭게 본체로 현신하려고 한 것이다.

그 모습을 지켜보던 티엘이 손을 뻗었다. 푸른 마나가 나선형으로 회전하다가 그의 의지에 따라 그대로 아르카딘을 휘감고 있는 금빛과 뒤섞였다.

티잉!

거대한 드래곤의 본체로 바뀌려던 아르카딘은 다시 금발 엘프 청년으로 돌아왔다.

믿지 못할 상황에 두 눈이 거세게 흔들렸다.

"이, 이게 무슨……."

"폴리모프 해제를 방해하는 방법이 있다는 걸 몰랐나 보군."

"말도 안 돼!"

폴리모프 해제는 오만한 드래곤의 마지막 자존심이었다.

본체로 현신하게 되면 지금보다 몇 배의 힘을 더 발휘할 수 있다. 하지만 그 상태에서 다른 종족을 상대하면 너무 재미없기에 폴리모프로 스스로 제약을 걸어놓는 것이다.

이렇게 폴리모프 해제를 못하게 된다면?

이 상태로 눈앞의 인간을 상대해야 한다는 뜻이다.

듣도 보도 못한 폴리모프 해제 저지였지만 전력의 약화는
확실했다.

"그럼 대결을 지속할까."

"......"

아르카딘의 눈에 절망이 서렸다.

확연한 열세를 인정하기 무섭게 아르카딘은 급격한 수세
에 몰렸다.

양팔을 교차하면서 어떻게든 공격을 해소하려고 했지만
상대는 자신조차 모르는 빈틈을 파고들면서 공격에 공격을
거듭하고 있었다.

파앙!

"으으으!"

이미 양팔은 걸레처럼 너덜너덜해졌다. 자리를 벗어나기
위해 몇 차례 공간 이동으로 도망치고자 했지만 성공할 수 없
었다.

오히려 간섭을 펼치면서 자신의 육신을 한 줌 재로 만들고
자 하는 시도를 펼쳤다.

정면 대결에서도 상대가 되지 않고, 도망조차 칠 수 없다.

위대한 드래곤의 일족으로 태어나 한 번도 겪어보지 못한 지독한 절망을 지금에서야 겪고 있는 중이었다.

도망치기 바쁘던 아르카딘은 자리에 멈춰 섰다. 어차피 도망치더라도 결말은 정해진 것과 다를 바 없었다.

토끼몰이를 하듯 차근차근 궁지로 몰아넣던 티엘이 자리에 멈춰 서며 그에게 물었다.

"이제 포기했나."

"난 이렇게 당하고 말지만 우리 일족은 영원히 널 저주할 것이다."

"그러든지 말든지."

전생의 원한이지만 아르카딘의 성향은 추후 일의 진행에 방해가 될 것임이 분명했다. 누구의 이목도 미치지 않는 지금, 제거를 해두는 것이 미래를 위한 일이 될 것이다.

티엘이 손을 뻗어 공간검으로 아르카딘의 드래곤 하트를 파괴하려고 할 때, 공간 이동으로 모습을 드러내는 한 인영이 있었다.

익숙한 기운이 포착되기 무섭게 티엘의 눈살이 찌푸려졌다.

"하필이면……."

"멈춰 주세요!"

낭랑한 목소리가 들려왔지만 듣지 못한 척 공간검을 시전했다. 아르카딘을 제거한 뒤, 먼저 시비를 걸었다고 말을 하며 둘러댈 생각이었다.

하지만 티엘의 뜻은 이루어지지 못했다.

터엉!

공간을 뛰어넘고 아르카딘의 드래곤 하트를 향해 쇄도하던 공간검이 반투명한 막에 가로막혀 그대로 소멸하고 말았던 것이다.

"호오……."

"그만해 달라는 말 못 들으셨나요!"

날 선 목소리로 말하는 것은 제스피아리스였다. 날카롭게 눈을 뜨고 바라보는 그녀의 모습이 보였지만 티엘은 듣지 못한 척 태연하게 대답했다.

"못 들었는데."

"이이……."

"무슨 문제라도 있나?"

"…이곳에는 왜 나타난 거죠, 아르카딘?"

차가운 눈으로 티엘을 바라보던 그녀가 고개를 돌려 아르카딘을 바라보았다.

하지만 먼저 시비를 걸기 위해 나타났던 아르카딘이 할 수 있는 말은 없었다.

죽음의 위기에서 살아난 것에 한줄기 안도를 느낄 뿐이었다.

"보나마나 하찮은 인간이 눈에 걸려서 밟아주러 왔겠지."

"……."

"그게 무슨 말이죠?"

"내게 묻기 전에 먼저 시비를 걸어온 놈을 보는 게 낫지 않겠나."

불친절한 말이었지만 내막을 파악하기에 어렵지 않았다. 제스피아리스는 아르카딘을 바라보았지만 그는 눈을 마주치지 못했다.

"정말이었군요."

"미안하다. 나는 네가 이용당하고 있는 거라 생각했다."

"그럼 저 말에는 아무것도 걸리는 부분이 없는 건가요?"

"그건……."

거짓을 말할 수 있을 리 없었다. 말을 꾸며내더라도 제스피아리스의 예리한 눈길을 피할 수 없다는 것 정도는 그도 잘 알고 있었다.

"하아!"

드래곤 회의에서 지독한 실망감을 느꼈던 그녀는 믿고 있던 아르카딘마저 제멋대로 행동에 나선 것에 고개를 절레절레 저었다.

왜 모두 자기 멋대로 생각을 하는 것일까.

주어진 정보가 명확하고, 앞으로 닥쳐올 미래가 어떠하다는 것 정도를 추론 못할 만큼 어리석은 이는 없었다. 이럴수록 사전에 대비를 하고자 노력을 해야 하는데 오히려 개인적인 성향을 발휘하고 있었다.

"아르카딘을 어떻게 할 생각이죠?"

"난 걸어온 시비를 피하지 않는다."

"난 정확한 답을 원해요."

"죽여야지."

"안 돼요! 당신은 드래곤 일족을 모두 적으로 돌릴 생각인가요?"

고민이라고는 조금도 느껴지지 않는 행태에 제스피아리스가 목소리를 높였다.

"웜급 드래곤을 죽이는데 내가 왜 드래곤과 적대관계가 된다는 거지?"

"그, 그건⋯⋯."

"기분이 나쁘더라도 죽든 말든 오히려 죽은 녀석이 조롱받는 게 드래곤 사회인 걸로 아는데."

드래곤 사회의 성향을 정확히 꿰뚫어 보는 말이었다. 약간의 거짓을 섞어 티엘을 속이려고 했던 제스피아리스는 꿀 먹은 벙어리가 되었다.

"그 정도에 내가 넘어갈 거라 생각했다면 오산이야. 난 너희가 생각하는 것보다 더 많은 것을 알고 있으니까."

티엘은 제스피아리스를 향해 차가운 미소를 지어 보였다. 그것은 그녀에게 더 이상 개입하지 말라는 경고가 섞여 있었다.

그래도 이대로 아르카딘이 죽는 걸 지켜보고 있을 수는 없었다.

입을 다물고 생각에 잠겨 있던 제스피아리스가 말했다.

"어떻게 하면 아르카딘을 죽이지 않을 거죠?"

"살리고 싶다고?"

"물론이에요. 아르카딘은 드래곤들을 위해 해줄 수 있는 게 많아요."

"살린다는 생각은 해본 적이 없는데."

턱을 매만지는 티엘의 모습은 빈틈투성이였지만 아르카딘은 움직일 수 없었다.

그의 강함을 겪기 전이었다면 기습 공격을 하고도 남음이었지만 저 모습마저도 함정일 수도 있다는 생각이 머릿속을 지배하고 있었다.

이미 그의 지독한 강함에 패배한 자신의 모습이 느껴지지 않던가.

"그렇게 살리고 싶다면 방법이 없는 건 아니지."

"뭐죠?"

"마족, 천족의 일이 완전히 해결할 때까지 네가 내게 전폭적인 협력을 약속하는 것이다."

"…그거면 되나요?"

"물론 저 녀석도 함부로 경거망동하지 않고 내 계획을 도와주겠다는 약속이 필요하지."

티엘이 선택한 것은 과거의 원한보다 실리였다.

제스피아리스와 아르카딘, 두 드래곤의 도움이 곁들어진다면 계획을 실행하는 것이 한결 원활해진다.

물론 원한을 품은 아르카딘에게 전폭적인 도움은 힘들겠지만 적어도 멋대로 나서면서 판을 흐리는 것보다는 훨씬 나았다.

"결정하지 않아도 된다. 대신 그때는 내 멋대로 행동을 하겠지."

"……"

협박도 이런 협박이 또 없었다. 제스피아리스는 어느 것이 이익인지 머리를 굴려보았지만 애초에 그녀가 선택할 수 있는 건 하나밖에 없었다.

"저는 받아들이겠어요."

긴 고민 끝에 나온 대답이었지만 티엘의 시선은 아르카딘에게 고정되어 있었다.

"이 제안은 저 녀석이 수용할 때 효력을 발휘할 것이다."

"아르카딘."

"받아들이겠다."

"난 그런 말뿐인 약속을 원치 않지. 네 드래곤 하트에 대고 용언을 실어 맹세해라."

그것은 드래곤의 존재 자체를 건 맹세였다. 지키지 않으면 드래곤 하트의 마나가 천천히 소멸되며 존재가 지워지는 지독한 고통 속에서 소멸을 맞이하게 된다.

드래곤들만 알고 있는 그가 어떻게 이것을 알고 있는지 알 수 없었다.

하지만 분명한 건 자신들이 빠져나갈 수 없는 촘촘한 그물에 걸려든 것 정도라는 점이다.

"…맹세한다."

우웅! 웅웅웅!

거세게 요동친 마나가 주변 공간을 휘감다가 그대로 아르카딘에게 갈무리되었다. 그의 드래곤 하트가 의지를 수용했다는 것을 알아내는 건 어렵지 않았다.

"해결되었군."

"크으으!"

졸지에 터무니없는 약속에 휘말린 아르카딘이 이를 꽉 물었다. 이렇게 된 이상 자신은 그의 계획에 전폭적인 협력을 해야만 했다.

"돌아가요. 남은 자리는 제가 수습할 테니."

"부탁하지."

더 이 자리에 있다가 치미는 모멸감을 참지 못할 것 같던 아르카딘이 도망치듯 텔레포트로 자리를 벗어났다. 원하는 바를 얻은 티엘은 그 광경을 묵묵히 지켜보고 있었다.

"당신은 정말 특이한 존재예요. 인간이라는 게 믿기지 않을 만큼."

"인간이 아니라고 생각하다니, 듣고 있는 인간이 섭섭해할 거란 생각은 하지 못했나?"

"그럴 인간이 아니라고 생각했으니까요. 대체 원하는 게 뭐죠?"

아르카딘을 용언으로 옭아맸지만 제스피아리스와의 관계는 달라진 게 없었다. 대체 무엇을 의도하고자 했는지 그녀는 이해할 수 없었다.

"원하는 건 없다."

전생에 겪은 일을 말할 이유가 없었던 티엘은 어물쩍 넘어갔다. 하지만 변수 하나를 완전히 묶어놓았다는 것만으로도 만족할 만한 이야기였다.

"당신은 대체⋯⋯."

"그래도 약속을 했으니 그 무게는 알고 있겠지? 내가 하는 일을 최선을 다해 돕겠다는 그 말, 잊지 않았으면 좋겠어."

"물론이에요, 다른 누구보다 사태가 심각하다는 걸 알고 있는 게 저니까요."

"그것만으로도 충분하군."

드래곤의 도움이 곁들어진다면 충분히 큰 힘이 된다.

무력적인 측면을 배제하고 이동하는 데 시간을 절약할 수 있으니까.

한마디로 티엘에게 있어 제스피아리스는 누구보다 빠르게 이동할 수 있는 운송 수단에 지나지 않았다.

그것을 모르는 그녀는 티엘이 드래곤을 어느 정도 존중해 주는 모습에 안도하고 있었지만 말이다.

천왕을 소환한 레디븐 백작은 매일 그를 찾아가며 많은 이야기를 나누었다.

신의 사도로 알려진 천왕은 마약과도 같은 존재였다.

머릿속을 지배하고 있던 근심과 걱정이 그의 곁에 가는 것만으로 사라지는 기분이었다. 레디븐 백작은 수많은 상황과 변수 속에서 머리가 깨질 것 같은 두통을 달고 살았고, 천왕과 대화를 나누면서 자신이 얼마나 좁은 세상 속에서 살아왔는지를 깨닫게 되었다.

매일이 깨달음의 연속이었다.

"원하는 것은 권력인가."

"예, 하지만 다른 권력가들과는 다릅니다. 권력을 휘두르는 것보다 그것을 쥐고 있음으로 누구도 함부로 휘두르지 못하는 환경을 만들고자 합니다."

"멋진 생각이로군. 마계 녀석들은 자신이 지닌 힘을 주체하지 못해서 어떻게든 외부에 그것을 펼치고자 하지. 그때마다 세상은 고통에 휩싸이고, 폐허가 되었다. 우리의 존재는 신의 뜻을 따라 그들을 막고자 하는 데 있지."

"신의 사도라 알려진 천족의 위대함이 그곳에 있군요."

"위대할 것 없지. 우리도 결국 우리의 영광을 위해 움직이는 것이니."

미소를 지으며 솔직하게 속내를 털어놓으니 그에 대한 신뢰가 쌓였다.

"그대가 원하는 것은 구체적으로 무엇인가."

"저는 이곳을 벗어나 제국의 중심부인 황도로 향하고자 합니다."

"황도의 장악, 그것이 그대가 원하는 전부인가?"

"더 많은 힘이 필요하지만 천왕께서 해주실 수 있는 부분에 한계가 있을 거라 생각합니다."

레디븐 백작은 이 부탁을 꺼내 들기 전 수많은 고민을 해야만 했다.

안면에 철판을 깔고 자신의 앞길에 방해가 되는 모든 요소를 제거해 달라고 해볼까 생각도 해보았지만 결론은 황도의 장악으로 국한했다.

로운 후작은 마왕인 슈크라인까지 패퇴시켰다. 천왕과 마왕이 동급의 존재인 것을 감안할 때, 자칫 천왕이 패하기라도 하면 자신에게 주어진 절호의 기회를 걷어차는 결과를 낳을 수 있다.

"한계가 존재할 수밖에 없지. 하지만 그대가 돕는다면 그마저도 극복이 가능하다."

"…정말입니까?"

"마왕이 힘을 얻기 위해 중간계의 생명체를 학살하는 것과 비슷한 이유지. 그들은 생명의 마이너스 감정을 통해 힘을 얻는다. 반면 우리는 생명의 플러스 감정에서 힘을 얻을 수 있다."

"플러스 감정이라고 함은?"

"풍요와 행복, 여유라고 할 수 있다. 그것을 받아들일 수 있다면 내가 그대에게 더 많은 것을 줄 수 있겠지."

"……."

그 말을 들은 레디븐 백작의 눈이 거세게 흔들렸다.

만약 지속적인 플러스 감정의 공급으로 천왕의 힘을 자신의 것으로 삼을 수 있다면?

누구도 자신의 자리를 넘보지 못하는 공고한 자리를 만들 수 있을 것이다.

기대감에 부푼 레디븐 백작의 얼굴을 본 천왕의 입가에 미소가 맺혔다.

그 의미를 아는 이는 아무도 없었다.

히드로 2세의 친정의 첫 대상이 된 것은 원정군이자, 윈스터 후작의 장자인 그리퍼가 다스리고 있는 땅이었다.

오랜 소모전으로 지친 그들은 카본 대공이 이끄는 선봉군에 제대로 맞서보지도 못한 채 허망하게 무너져 내리고 있었다.

간신히 전쟁의 우위를 점하고 있던 그리퍼는 허망한 표정이었다.

주변에서 지켜보고 있지 않을 거라는 건 알고 있었지만 중앙 권력을 공고하게 다지고 있던 히드로 2세가 직접 나설 줄은 미처 몰랐다.

"황제가 이렇게 나올 줄이야."

"상황은 최악입니다."

"방법이 없습니까?"

"……."

질렛과 실레반은 아무 말도 하지 않았다. 아니, 못한다고

함이 옳았다.

지친 군대로는 히드로 2세의 군세는 물론, 남쪽의 레디븐 백작군과 위쪽의 레임의 공격도 제대로 견뎌내지 못할 것임이 분명했다.

"방법은 한 가지입니다."

"어떤 것입니까."

길게 이어지던 침묵 끝에, 질렛이 입을 열었다. 그리퍼는 지푸라기라도 잡는 심정으로 그를 바라보았지만 돌아온 대답은 그의 기대와 전혀 다른 것이었다.

"항복입니다."

"…정녕 그것뿐입니까."

"황제가 제국 북부의 평화라는 명분을 들고 나온 이상, 제국 북부 전체가 안정을 찾을 때까지 공세를 멈추지 않을 것입니다. 혼란의 주범으로 낙인찍힌 지금, 항복을 하여 안정을 찾을 수 있도록 돕는 것이 최선의 수입니다. 그리되면 정식으로나마 작위를 이을 수 있을 것입니다."

대신 제국 북부에서 이뤄놓은 모든 영광을 뒤로 해야 한다.

굳이 그 말은 언급하지 않는 질렛이었다.

히드로 2세가 그냥 두고 볼 리 없었고, 주변의 귀족들도 같은 생각일 테니 말이다.

"항복이라……."

한 번도 생각해 보지 않은 단어였다. 하지만 방법이 없다는 것에서는 동의하는 바였다.

과연 이대로 얼마나 더 버틸 수 있을까.

설사 황제의 칼날을 피할 수 있다고 하더라도 잔뜩 웅크리고 있는 레디븐 백작이 가만히 있을 확률은 없었다.

고민은 길었고, 결단을 내리는 건 짧았다.

입술을 지그시 깨문 그리퍼는 고개를 끄덕였다.

"알겠습니다. 항복하겠습니다."

불확실한 명예보다는 가문을 이어나가는 걸 선택한 그였다.

그리퍼의 항복 이후, 히드로 2세가 이끄는 군은 더욱 맹렬한 기세로 북진에 북진을 거듭했다.

제국은 온통 북부 이야기로 시끌시끌했다.

"……."

인적이 드문, 제국 서북부의 산속에 아름다운 여인이 바위 위에 앉아 눈을 감고 있었다. 그녀의 허벅지 위에는 검 한 자루가 놓여 있었는데, 어느 순간 분홍빛 기운이 서리더니, 사방으로 폭사했다.

피빅! 픽! 픽!

빛이 사라지기 무섭게 곳곳에 검은 물체가 떨어졌다. 조금 전까지 하늘을 날고 있던 새였다.

눈을 뜬 그녀는 티엘과 전투에서 패한 로즈였다.

오늘도 기운을 운용하는 훈련에 빠져 있던 로즈는 죽어 있는 새를 보며 아무 말도 하지 않았다.

"이걸로 부족해."

수련에 수련을 거듭하며 힘을 끌어올리고 있지만 티엘을 상대하기에는 역부족이었다.

단 한 번의 대결이었지만 그것은 로즈의 자신감을 송두리째 앗아갔다.

그만큼 티엘의 무위는 대단했다. 감히 상대할 수 없다고 여길 만큼 압도적이었던 그의 신위를 다시 떠올리면 어떻게 상대할 수 있을지 길이 보이지 않았다.

"방법이 없을까."

[저도 모르겠네요. 그런 유형의 인간은 처음이어서.]

질문을 받은 율리아도 난색을 표했다.

그만큼 티엘의 무위는 그녀가 본 어떠한 인간들보다도 특별했다.

평범한 수련을 거친 인간이 그 정도 수준에 도달하는 것이 과연 가능할까.

완벽하게 다듬어진 검격에서 그가 얼마나 혹독한 수련을 거쳐왔는지 알 수 있었다.

그것을 뚫고 로즈가 일격을 가하는 것이 과연 가능할까?

확신할 수 없었다. 그래서 로즈의 수련에만 조언할 뿐, 다른 부분에 대해서는 어떠한 말도 하지 않았다.

"난 그를 꺾어야만 해."

[저도 그러길 원하고 있답니다.]

로즈가 간절히 원할수록 율리아도 도움을 주고 싶은 마음이 커져만 갔다.

하지만 그의 무위가 어느 정도 수준인지 짐작조차 할 수 없는 상황에서 원하는 바를 이룰 수 있을지 여부는 확신할 수 없었다.

모든 것이 불확실의 연속.

불안감이 커지는 걸 느낀 율리아가 말했다.

[한 가지는 분명해요.]

"뭔데?"

[당장 그를 꺾을 수 있을 거란 조급함을 버려요.]

"……."

[로즈는 그동안 급격하게 힘을 쌓아올렸어요. 그것이 모래성처럼 허물어진다고 말을 하지는 않아요. 하지만 정석으로 쌓아온 이들을 단기간에 뛰어넘기는 힘들어요. 지금 로즈에게 필요한 건 실전 경험과 힘을 보다 효율적으로 활용하는 방법이에요. 누구보다 강한 힘을 품고 있으니 그것에 주안점을

두면 돼요. 그럼 로즈가 원하는 걸 이룰 수 있을 거라고 자신해요.]

말을 하는 율리아 스스로도 확신하지 못한다는 걸 로즈도 느꼈다.

하지만 방법은 없다.

수련에 수련을 거듭하여 확신이 들 때까지 검을 휘두르는 수밖에.

그에 대한 마음이 사그라들지 않고 오히려 커져만 가는 걸 느꼈기에 결심을 굳힌 로즈가 고개를 끄덕였다.

"알았어."

아르카딘의 맹약을 받고, 제스피아리스의 협력을 약속받았지만 티엘의 생활은 크게 달라지지 않았다.

가문에 존재감을 드러내어 원활하게 굴러가도록 지원했고, 남는 시간에는 수련을 거듭했다.

그러면서 자연히 제스피아리스와 갖는 시간이 많아졌는데, 이제 확실한 우군이라고 할 수 있는 그녀에게 솔직한 속내를 털어놓았다.

"난 원래 내가 마계의 문을 열려고 했다."

"…미쳤나요?"

이제 더 놀랄 것이 없으리라 여겼는데 그의 말은 상식을 뛰어넘는 것이었다.

설마하니 마계의 문을 직접 열겠다고 공언하는 미친놈이 있을 줄이야.

이는 누구도 할 수 없는 발상이었기에 그녀는 황당한 표정을 지은 채 고개를 절레절레 저었다.

"못할 건 없다고 보는데."

"이야기나 들어보죠."

"직접 마계의 문과 천계의 문을 열 수 있으면 이점이 존재한다. 바로 우리가 원하는 시기에 원하는 존재를 불러들일 수 있다는 점이지."

"……."

듣고 보니 또 틀린 말이 아니었다. 막연하게 미친 소리라고 생각하던 제스피아리스는 자세를 바로하고 티엘의 말을 경청했다.

확실히 사고가 열려 있다고 생각하며 입가에 미소를 지은 티엘이 말을 이어나갔다.

"마황도, 천황도 분명 대단하다. 그 수준에 도달하면 신이 아니고서 소멸시키는 것은 불가능하니까. 하지만 생각을 다르게 하면 이야기는 달라지지."

"어떻게요?"

"바로 마왕보다 조금 더 강하다고 생각하면 인식 자체가 달라지지."

어떻게 저런 말을 태연하게 할 수 있단 말인가. 제스피아리스는 눈을 날카롭게 뜨고 티엘을 노려보면서 톡 쏘아붙였다.

"그런 말도 안 되는 소리는 하지도 마요. 마왕과 마황은 엄연히 달라요. 그 수준 자체가 틀린데 어떻게 조금 더 강하다고 생각해요?"

"그럴 수도 있겠지. 대체 얼마나 강할지 궁금하긴 하군."

드래곤조차 두려워하는 마황의 존재를 오히려 흥미진진한 것으로 생각하는 티엘은 정말 정상이 아니었다.

"…정말 미쳤어요."

"미쳐도 정상적으로 미치면 되지 않나. 어차피 강림할 마황이라면 온전한 상태에서 맞이하고 싶지만 다른 이들의 생각은 다를 테니 말이야."

티엘이 직접 마계의 문을 열고자 하는 이유도 바로 그 부분에 기인했다.

직접 개입함으로써 마황이 가장 약한 순간을 노리는 것이다.

마계의 통로를 건너와 온전한 힘을 갖추기 전, 모든 화력이 집중된다면?

제스피아리스의 얼굴에 홍분이 서렸다.

"가장 약할 때라면 승산은 있어요."

"내가 가능성 없는 이야기는 하지 않는다니까."

"여전히 믿을 수 없지만 실효성이 있다는 것은 알겠어요."

"흠."

신뢰를 보이지 않는 태도에 티엘이 눈살을 찌푸렸지만 개의치 않았다.

"마황을 가장 경계하지만 내가 제일 경계하는 건 천족이다."

"왜죠?"

"그들은 힘을 앞세우지 않고 얼굴에 가면을 쓰고 가장 약한 부분을 파고드니까."

인간들에게 신의 이름을 앞세워 감정 깊숙한 곳을 파고든다. 그들에게 의지하고, 모든 것을 맡기는 인간은 죽음을 두려워하지 않게 된다.

말 그대로 광신도가 된다는 뜻이었다.

"천족이라고 해서 신을 받들고 따르는 게 아닌데 말이지. 그걸 아는 녀석이 있을지 모르지."

"저는 마족을 더 경계해야 한다고 생각해요."

"그건 드래곤의 생각일 뿐이고."

마족들은 전쟁에서 승리하기 위해 계책을 꾸미지만 천족은 자신들이 절대 무너지지 않을 토양을 가꾼 뒤 모습을 드러낸다.

이것이 의미하는 게 무엇이냐면 천족이 전면에 모습을 드러내서 패배를 겪더라도 언제든지 다시 재기할 수 있는 여지를 남긴다는 점이다.

이는 자칫 영원히 그들의 지배가 지속될 수 있다는 위험이 존재한다.

"그 정도라고요?"

"천족이 그동안 중간계에 신경을 쓰지 않은 것은 마족의 거센 저항 때문이었지. 하지만 전장을 중간계로 옮긴 이상 마족이 밀릴 수밖에 없는 환경이 되었다. 인간이 마이너스 감정을 더 많이 발산한다고 해도 플러스 감정을 쫓고 의지하는 경향이 크기 때문이니까."

이미 겪었던 경험이기에 티엘의 말에는 거침이 없었다.

"드래곤들은 마황을 견제할 거다. 하지만 난 더 큰 골칫덩어리가 될 천족을 주시하고 움직일 것이다."

"알겠어요, 돕기로 했으니 협력하죠."

"그럼 천족에 대해 조사해 오도록."

"네?"

"이곳에 가면 윤곽을 그려낼 수 있을 것이다."

티엘이 탁자 위에 놓인 지도에 가리킨 곳은 세이주 지방이었다.

그곳은 현재 레디븐 백작이 거주하고 있는 곳이다.

"……."

천왕의 존재를 소개받은 제이안의 전신이 격렬하게 떨려왔다.

이것이었다. 그동안 왜 머릿속을 어지럽히는 변수가 있었던 건지 깨닫지 못했지만 인간을 뛰어넘은 존재, 신의 사도이자, 천족의 왕으로 칭해지는 천왕을 보는 순간 모든 것이 명명백백해졌다.

뛰어난 두뇌는 생각이 생각에 꼬리를 이어 결론을 도출하게 만들었지만 주변 전체를 장악하는 그의 기운에 저항할 수없었다.

'이것이 천왕.'

감히 인간의 힘으로 저항할 수 없다는 생각이 머릿속을 지배했다.

이토록 대단한 존재가 단지 신의 사도일 뿐이라고?

아무리 생각을 해도 그럴 수 없다는 결론에 도달했다.

자신이 이기적인 인간이라 그럴 수도 있다. 무수히 많은 천족의 왕의 자리를 차지하고 있는 그가 권력욕이 없을 수 없으며, 중간계에 강림한 이상 더 많은 것을 원하고 움직일 확률이 높았다.

하지만 그 생각이 감히 밖으로 흘러나오지는 않았다.

왜일까, 왜 말을 하고 싶어도 자신의 의지대로 말을 할 수 없는 것일까.

입이 근질거렸지만 제이안은 끝내 말을 꺼낼 수 없었다. 여러 가지 생각으로 복잡해진 그의 눈을 응시하며 천왕이 입을 열었다.

"불안하게 여길 것 없다.

"그렇게 말씀하셔도 불안한 것은 어쩔 수 없습니다."

"인간이란 종족은 본디 의심이 많지. 내가 무슨 행동을 하지 않을까 걱정을 하는 걸 충분히 이해하고 있다. 그렇기에 더 탐이 나는군."

미소 짓는 모습은 눈부시게 아름다웠다. 남자인지 여자인지 알 수 없지만 매혹적인 자태는 제이안의 넋을 앗아가기에 충분했다.

"저는……."

"의심해도 좋다. 다만 명심해라. 내가 이 중간계에 강림한 것은 날 원하고, 내게 소원을 바라는 존재가 있어서 왔다는 걸 알아야 한다."

"…예."

옆에 선 레디븐 백작의 눈을 본 제이안은 고개를 끄덕였다.

처음 모든 것은 자신의 주군인 레디븐 백작의 갈망에서 시작되었다. 천왕이 직접 나서서 무언가를 원하고, 더 많은 것을 달라고 한 적은 없다.

그것이 정답이었다.

"끝까지 날 의심해도 좋다. 뭐든지 확실하게 처리하고, 지켜보는 것도 그리 나쁜 일은 아니지."

"죄송합니다. 제가 경솔했습니다."

결국 제이안은 자신의 실수를 인정할 수밖에 없었다. 모든 속을 허심탄회하게 드러내는 그의 행동에서 자신이 느끼는 부끄러움이 커질 수밖에 없었다.

"괜찮다고 했다. 그것은 나도, 그대의 군주도 신경을 쓰지 않을 것이다."

"말 그대로다, 제이안. 네가 해야 할 일은 우리에게 찾아온 기회를 확실하게 자신의 것으로 삼는 데 있다. 어려운 일이지만 이제는 가능해졌다. 그 가능성을 좀 더 확실하게 만들면 된다."

고개를 든 제이안은 레디븐 백작과 시선을 마주쳤다가 옆에 선 천왕과 눈을 마주했다.

마치 빨려 들어갈 것 같은 깊은 그의 두 눈은 정신을 혼미하게 만들었다.

결국 그의 넓은 배포와 온화한 태도는 자신의 마음마저도 흔들어 버렸다.

'이대로는 안 되는데…….'

마치 피할 수 없는 달콤한 열매처럼, 조금씩 몸을 적셔 나간 천왕의 매력에 제이안은 헤어 나올 수 없을 만큼 깊게 빠져들었다.

그리고 고개를 깊게 숙이며 그를 향해 충성을 맹세했다.

"최선을 다하도록 하겠습니다."

"잘 부탁하지."

그를 바라보는 천왕의 입가에 짙은 미소가 드리웠다.

제4장
황도 찬탈

제스피아리스는 마족보다 천족을 더 경계하는 이유가 무엇인지 알았지만 쉽게 이해가 되지 않는 부분이 있었다.

폭력적이고, 저돌적인 성향을 감안하면 더 큰 위협은 바로 그들이었다.

그럼에도 천족은 인간 세계에 무리 없이 파고들 수 있다는 장점이 존재했고, 마족보다 더 은밀하고 보이지 않는 마수를 뻗힌다.

"천족을 상대할 때 주의해야 할 점은 하나다."

"뭔가요?"

"바로 위선의 가면이다. 드러난 점만 보고 상대하면 상대의 함정에 빠지기 때문이지."

"위선의 가면이 뭐죠?"

"대부분의 천족은 온화한 태도와 아름다운 미모로 인간을 현혹하지. 그것을 토대로 강력한 세뇌를 걸고, 종래에는 자신만을 따르는 노예로 만든다. 이 과정에서 꼭 필요한 현혹을 깨버리면 믿음 또한 사라지지."

"…어렵네요."

"그러니 천족이 상대하기 어렵다고 하는 것이다. 인간 세계로 파고드는 것을 감지하기 힘들고, 대부분의 인간에게 호감을 얻고 시작하니까. 너무 늦는다면 그들을 따르는 인간은 모두 죽여야 하지."

"그건 너무 심한 것 아닌가요?"

"심하긴 하지만 광신도만큼 무서운 건 또 없지. 아마 마주치는 기회가 생기면 내 말이 무슨 뜻인지 알게 될 거다."

"……."

확신 어린 티엘의 말에 제스피아리스는 고개를 끄덕일 수밖에 없었다.

그러다 문득 생겨난 의문에 질문을 던졌다.

"그런데 천족이 어떻게 중간계에 강림했는지 알 수 있죠?"

"그건 알려줄 수 없는 기밀이로군."

"…너무한 것 아닌가요? 일은 다 시키면서 정작 궁금한 부분은 알려주지 않고."

"내 지시에 충실히 따르면 자연스럽게 알게 될 거다. 그때까지는 그다지 알려주고 싶지 않군."

뒤로 빼는 행동에 더 큰 호기심이 생겨났지만 제스피아리스는 더 묻지 않았다. 대신 행동으로 옮기고자 하는 의욕을 보였다.

"알겠어요. 그럼 곧장 감시를 하면 되나요?"

"아니, 아직은."

"왜요?"

"이미 자신의 주변을 요새화시켰을 천족에게 접근하는 건 죽음을 재촉하는 행동에 지나지 않지. 천천히 기다리면 기회는 생길 거다. 그때까지 조용히 침묵하고 움직이길 기다리면 돼."

마치 예언자처럼 확신하는 그였다. 아무것도 알지 못한 채 두루뭉술한 말만 듣는 제스피아리스의 표정이 찌푸려졌지만 이내 펴졌다.

여기서 따지고 들어봤자 손해를 보는 건 자신이었다.

"알겠어요."

"조만간 알게 될 거다, 조만간."

미소를 지어 보이는 그를 보며 제스피아리스는 한 대 쥐어

박고 싶은 충동이 불쑥 들었다.

천왕이 끼친 영향은 가볍지 않았다.

그는 레디븐 백작과 제이안의 전폭적인 지지를 얻어냈고, 본격적으로 세이주 지방에 영향력을 행사했다.

플러스 감정으로 힘을 얻는 그는 안에서부터 신의 사도로 조금씩 이름을 알려가기 시작했다.

제이안은 시시각각 들어오는 정보를 분석하면서 때를 기다렸다. 그러던 중, 그리퍼가 히드로 2세에게 항복했다는 소식이 전해졌다.

세이주 지방 바로 위쪽으로 군을 이동시켜 무장 해제한 그리퍼 군을 세력화시키고 있었지만 레디븐 백작은 어떠한 동요도 보이지 않았다.

자칫 잘못해서 방비하려는 태세를 취하다가는 명분만 주고 공격을 당할 수도 있었다.

죽은 듯 꼼짝도 않고 웅크리고 있으니 히드로 2세의 군대도 칼날을 남쪽이 아닌 북쪽으로 향했다.

그리퍼의 항복으로 인해 포위된 형국으로 전락한 레임은 있는 병력 없는 병력 다 끌어모으면서 결사항전을 준비하는 중이었다.

이를 무너뜨리기 위해 히드로 2세는 카본 대공을 앞세워

삼십만이 넘는 군을 대대적으로 북진했다.

"본격적으로 움직일 때입니다."

"지금만한 때가 없겠지."

고개를 끄덕여 수긍한 레디븐 백작이 천왕을 바라보았다.

이미 모든 상황은 만들어졌지만 마치 그의 허가가 떨어지길 기다리는 형국이었다.

천왕도 이러한 상황을 자연스럽게 받아들였다.

"좋을 대로 하도록."

사실상 허가가 떨어지자, 레디븐 백작의 시선이 제이안에게 향했다.

"제이안, 군을 움직이도록."

"예, 주군."

명을 받은 제이안이 곧장 자리에서 일어나 전군을 진격시킬 준비를 하였다.

레디븐 백작의 공격!

이것을 예상한 이는 아무도 없었다.

히드로 2세가 혹시 모를 상황에 대비하여 이십만의 군을 사방에 배치하고, 황도의 방어를 하브리스 공작에게 맡긴 것이 과하다고 지적하던 귀족이 한둘이 아니었다.

하지만 레디븐 백작의 황도 진격 소식을 듣기 무섭게 말을 바꾸며 재빨리 방어태세로 전환해야 한다며 목소리를 높였다.

이미 정계에는 레디븐 백작을 따르던 이들이 사라진 지 오래였고, 황제에게 충성을 바치는 귀족만이 중앙 정계에 머물 수 있었다.

황도로 통하는 요새 곳곳에 병사가 배치되고 만반의 준비를 갖출 무렵, 레디븐 백작이 이끄는 십오만의 반란군이 황도로 진격했다.

파죽지세로 진격하는 그들의 화력은 가공할 정도로 대단했다.

견고하기 그지없는 요새가 함락되었으며, 그 기간이 사흘을 넘기는 곳이 없었다.

레디븐 백작을 경계하여 병사를 배치했지만 천왕의 무위 아래 모든 것이 무력화되었다.

그들이 모든 요새를 돌파하고 황도 앞에 도달한 것은 불과 보름이었다.

눈부신 진격 속도도 대단했지만 남은 관문이 황도 하나뿐이라는 것은 감회를 새롭게 만들었다.

"이제 황도뿐이로군."

"이길 수밖에 없는 전쟁입니다."

"아아, 그렇지."

황도의 방어를 담당하고 있는 인물은 하브리스 공작이었다. 근위기사단장이자, 방어 총책임자인 그는 적의 침공에 대비하여 철저한 태세를 갖추기 시작했다.

하늘을 찌를 것처럼 높은 성벽과 마법을 튕겨내는 대마법진.

그리고 그곳을 지키는 십만의 병사.

레디븐 백작이 이끄는 군은 절대 넘을 수 없을 거라고 자신할 수 있었다.

"부탁드리겠습니다."

황도에 도착할 때까지 휴식을 취하고 있던 천왕은 레디븐 백작의 간청에 몸을 일으켰다.

이곳만 무너뜨린다면 자신이 하고자 하는 일을 본격적으로 실행할 수 있을 것이다.

"견고하다는 것도 결국 인간의 기준일 뿐."

까마득하게 높은 성벽을 바라보며 그는 차갑게 웃음을 지었다.

공성전에서 천왕의 개입은 은밀하게 이루어졌다.

그가 직접 겉으로 나서는 경우는 없었다. 단지 전투가 시작되면 바람의 방향이 레디븐 백작 진영에서 불어오는 걸로 바뀌기 시작하고, 강을 건널 때는 수심이 낮아지면서 이동을 용이하게 만들었다.

하나둘씩 쌓여 나가는 자연현상은 병사들로 하여금 신이 보살핀다는 말이 나오게 만들었고, 이는 사기를 하늘을 찌를 것처럼 높게 만들었다.

그것은 이번 공성전에서도 마찬가지였다.

하늘에서 날아오던 투석기의 바위도 맞바람을 맞아 그대로 지면에 추락하는 반면, 레디븐 백작가의 공성 무기는 하늘을 가득 채워 그대로 성벽을 강타했다.

꽈앙!

처음에는 팽팽하게 이루어지던 공성전은 삽시간에 레디븐 백작군으로 기울기 시작했다.

외성이 돌파당하고, 사기가 하늘 끝까지 치솟은 레디븐 백작군이 그대로 내부로 진입을 시작했다.

"비상입니다! 레디븐 백작군이 성문을 돌파하고 황궁으로 진입했습니다."

"……."

눈을 감은 하브리스 공작은 아무 말도 하지 않았다. 공성전을 책임지는 자리를 맡았고, 정석에 따라 공성전에 임했지만 결과는 처참한 패배였다.

무엇이 잘못되었는지 알지 못했다.

그래서 더 문제였다.

원인조차 알지 못하는데 상황은 처참한 패배로 이어졌으니 말이다.

하지만 그 사실을 알아차리는 데에는 오래 걸리지 않았다.

"이곳을 책임지는 인간인가."

눈앞에 서 있는 아름다운 존재를 보며 하브리스 공작이 중얼거렸다.

"…이거였군."

"후후후!"

"정체를 알 수 있는가?"

"천족을 지배하는 천왕이라고 하는데, 아나?"

"마왕에 이어 천왕까지, 세상이 미쳐 돌아가고 있구나."

하늘을 바라본 하브리스 공작의 입가에 허탈한 미소가 서렸다. 히드로 2세는 그렇게 제국의 부흥을 위해 노력했지만 인간의 한계를 뛰어넘은 존재들이 개입을 하면서 멸망을 앞당기고 있었다.

황도를 빼앗기게 되면 제국은 사실상 멸망을 당하게 된다. 천왕을 등에 업은 레디븐 백작이 어떻게 행동할지 굳이 보려고 하지 않아도 뻔했다.

"난 제국의 근위기사단장 하브리스 공작이오. 설사 그대가 천왕이라고 하더라도 나의 충성심을 꺾을 수 없을 것이오."

"이렇게 충성스러운 인간들이야말로 맛이 좋지. 그대의 무위에 많은 기대를 하고 있다."

화르륵!

하브리스 공작의 몸이 붉은 불꽃에 휩싸이기 시작했다. 뜨거운 불길이 사방에 휘몰아치면서 천왕을 덮쳐갔다.

"후후!"

그것을 보며 천왕은 유쾌한 웃음을 흘렸다.

황도를 함락시킨 레디븐 백작의 발걸음은 조금 전과 판이하게 달랐다.

일보를 내딛을 때마다 힘이 넘쳤고, 사라졌던 위엄이 사방으로 뻗어 나갔다.

동시에 그의 입가에 걸린 미소도 점점 짙어져 갔다. 위풍당당하게 걸음을 옮긴 그는 아무도 지키지 않고 있는 대전 안으로 진입했다.

그곳에서 그는 옥좌로 향하는 계단 앞에 서 있는 중년인을 발견했다.

익숙한 얼굴이었다.

그를 어찌 잊을 수 있을까.

얼마 전까지만 해도 자신을 위해 충언을 아끼지 않았고, 가장 아끼던 가신이었는데 말이다.

"오랜만이군, 카이후."

"이렇게 뵙게 될 줄 몰랐습니다, 레디븐 백작님."

"그래서 세상이 재미있는 것 아니겠는가? 우리가 이렇게 다시 만나게 되다니."

"…그렇습니다."

둘은 입가에 미소를 지었지만 그 의미는 판이하게 달랐다.

레디븐 백작은 승자의 입장에 선 득의양양이었다면 카이후는 더 이상 미련을 가지지 않는 체념의 미소였다.

"왜 날 배신했나."

"저는 백작님께서 폐하를 보좌하여 제국을 부흥시킬 거라 믿었습니다. 하지만 제가 본 백작님의 결말은 리그디스 공작 그 이상 그 이하도 아니었습니다. 그렇게 되는 것을 원하지 않았을 뿐입니다."

"리그디스 공작이라, 한때 주군으로 모셨던 나를 그렇게밖에 보지 않았다는 뜻이로군."

"저는 제 눈이 틀렸다고 생각하지 않습니다."

"지금도 그런가?"

"결국 폐하를 배신하고 반란을 일으키지 않았습니까? 역사는 백작님을 제국의 멸망을 앞당긴 역적으로 묘사할 것입니다."

날 선 카이후의 말이 따끔하게 다가왔지만 레디븐 백작의 표정에는 변화가 없었다.

오히려 입가에 짙은 미소가 드리웠다.

"역적이라, 역적."

예전이라면 펄쩍 뛰었을 말이었다. 하지만 시간은 변화를 만들어냈고, 이제 그런 말을 들어도 레디븐 백작은 여유롭게 웃을 수 있었다.

"역적이면 어떤가. 승자는 내가 되었고, 패자는 황제가 되었는데."

"…정녕 제국을 멸망시킬 생각입니까."

"쓰라린 배신을 당하면서 많은 것을 생각하게 되었다. 내 소중한 지인들을 잃고, 날 떠받들던 귀족 녀석들에게 배신을 당하게 되었지. 결국 믿을 수 있는 것은 내 힘과 세력이었다. 그래서 나는 기회를 엿보고 기다리며 또 기다렸다. 그리고 마침내 내게 지금이 찾아왔지."

"……."

광기가 묻어나오는 그의 목소리에 카이후는 아무 말도 할 수 없었다.

이전까지 보았던 레디븐 백작은 위선적이더라도 제국을 위하는 말을 하던 인물이었다. 하지만 지금은 오로지 자신의 영광만 추구하는, 권력의 화신이 되었다.

어떠한 말로도 그를 설득할 수 없었다.

자신이 모시던 레디븐 백작이라는 인물은 이미 사라졌다.

"나는 후회하지 않는다. 이곳을 차지하고, 더 큰 힘을 손에 넣고 북부로 진군할 것이다. 그리고 나를 내치고 제거하려고 하던 히드로 2세의 목을 틀어쥐고 물어볼 것이다. 과연 그때 행복했느냐고, 한 줌 되는 권력을 쥐려고 그 알량한 재주를 부렸냐고 말이다!"

"백작, 아니, 당신은 미쳤습니다. 어떤 수를 부려서 황도를 함락했는지 모르나, 당신의 행동은 훗날 큰 재앙이 되어 돌아올 것입니다."

"재앙이 무서웠다면 아무것도 하지 않고 내 운명을 받아들였을 것이다. 위대한 천왕이 내 뒤에 있는 이상, 날 가로막을 수 있는 이는 누구도 없다."

"천왕이라니, 정녕 당신은……."

푹!

카이후의 말은 끝을 맺지 못했다. 레디븐 백작이 손을 들기 무섭게 달려든 기사가 그의 복부를 향해 검을 꽂아 넣은 것이다.

"……."

거세게 몸을 떤 그는 배를 타고 흘러내리는 피를 바라보았다.

'다, 당신의 선택은 세계를 멸망시킬…….'

끝까지 말을 잇지 못한 그는 그대로 고개를 떨구고 말았다.

제국의 부흥을 위해 노력하던 그의 허망한 최후였다.

뚜벅뚜벅.

옥좌 위로 올라간 레디븐 백작이 몸을 돌려 대전을 둘러보았다.

한눈에 확 트이는 이곳은 산 정상에 선 것처럼 상쾌한 기분이 들었다.

만인의 위에 서서 모두를 내려다보는 쾌감.

남자로 태어나 세상의 모든 존재 위에 우뚝 서고 싶다는 욕망은 누구나 동일하다.

레디븐 백작의 입가에 호선이 그려지며 웃음이 터져 나왔다.

"이제 이 자리는 나의 것이다. 모두 기대하라. 이제 이 제국은 내 손에 들어올 것이니!"

웃음을 터뜨리는 그의 눈은 짙은 광기로 번들거리고 있었다.

"…여기까지가 내 한계로군."

휑하게 꿰뚫린 복부를 보며 하브리스 공작은 담담하게 중얼거렸다.

천왕과의 대결은 팽팽하게 이어졌다.

정령화를 적극 활용하여 공세를 앞세우니, 처음 보는 형태의 공격에 밀리는 모습을 보였다.

하지만 정령화의 원리를 파악하고, 반격을 가하자 속절없이 밀리면서 결국 모든 힘이 고갈되고 일격을 허용하고 말았다. 그 대가가 바로 뻥 뚫린 복부였다.

"인간이 이런 형태의 힘을 손에 넣을 줄 몰랐는데, 유쾌한 대결이었다."

"영광이라고 해야 하나? 제국의 영광을 볼 수 있으리라 여겼건만……."

하브리스 공작의 눈에 빛이 사라지기 시작했다. 황도를 굳건하게 지키면서 제국 북부를 병탄하고 기뻐할 히드로 2세의 얼굴을 기대했지만 뜻을 이룰 수 없었다.

"부디 뜻을 이루시길!"

간절함을 담아 외친 하브리스 공작은 그대로 한 줌 불꽃으로 화하며 사라졌다.

그 광경을 지켜보던 천왕의 입가에 짙은 미소가 드리웠다.

"인간이란 종족은 재미있군."

종족의 한계를 뛰어넘어 자신의 몸을 정령과 일체화시킬 수 있다니.

자신의 힘에 대한 이해도가 높았다면 더 흥미진진한 전개가 펼쳐졌을지도 몰랐다.

어깨를 으쓱하며 대결의 여파를 떨친 천왕의 신형이 하늘

위로 향했다.

찬란한 광채가 그의 주변을 뒤덮으며 황궁을 향해 퍼져 나가기 시작했다.

치열했던 전투는 어느덧 끝이 나고 있었고, 그가 발산한 광채에 접한 기사들은 빠르게 치유가 되며 온몸에 힘이 차오르는 걸 느꼈다.

이러한 기적을 만들어낼 수 있는 존재는 하나밖에 없었다.

바로 절대적인 힘을 지녔으며, 세상 위에 군림하며 인간을 굽어 살피는 초월적인 존재!

"신이시여!"

이미 레디븐 백작을 향해 신의 가호가 내려지고 있다는 사실은 유명했다. 그들은 무릎을 꿇고 신을 외치면서 자신에게 내려지는 기적에 경배했다.

그들이 발산하는 존경, 경외, 믿음의 감정은 고스란히 천왕에게 전달되었다.

제국의 심장부답게 기적을 발현한 뒤 돌아오는 소득은 짭짤했다.

"…이제 시작이다."

천왕의 입가에 짙은 미소가 드리웠다.

"……."

이 모든 과정을 지켜보는 한 쌍의 눈이 있었다.

바로 티엘의 명령을 받고 황도로 잠입한 제스피아리스였다.

그녀는 돌연 황도로 향하라는 말을 듣고 이해하지 못하겠다는 표정을 지었다.

하지만 이곳에 도착하면서 왜 그랬는지 깨닫게 되었다.

그것은 한 편의 잘 짜여진 연극과도 같았다.

신으로 둔갑한 천왕의 가호는 레디븐 백작군의 사기를 한껏 드높였고, 결국 황도까지 함락하며 권력의 대세를 바꾸는 결과를 낳았다.

그 누가 이렇게 치밀한 수법을 쓸 수 있단 말인가.

누구도 어려울 거라 생각했지만 어렵지 않게 구사하며, 자연스럽게 신을 사칭하는 천왕을 보며 제스피아리스는 가볍게 몸을 떨었다.

"정말… 위험해."

이미 마왕도 만난 적 있던 그녀였기에 오히려 그들이 더 상대하기 편하다는 생각이 머릿속을 스치고 있었다.

가면을 쓰고 자신의 본성마저 속여 넘기는 천왕이라는 존재를 어떻게 상대해야 할지 머릿속이 복잡하게 헝클어지는 기분이었다.

"방해꾼인가."

"……!"

감시의 눈을 거두고 생각을 추스르던 그녀는 반사적으로 방어막을 시전하며 목소리의 진원지를 향해 강렬한 어스퀘이크를 일으켰다.

파앙!

종이가 마주치는 것처럼 경쾌한 소리가 울려 퍼지더니 어스퀘이크의 여파를 피해 뒤로 물러나는 신형이 보였다. 그의 얼굴을 확인한 제스피아리스는 저도 모르게 몸을 움찔 떨었다.

그곳에는 미소를 띤 천왕이 서 있었다.

"누구인가 싶었더니 드래곤이로군."

"천왕이 중간계에 강림한 이유가 뭐죠?"

티엘에게 이야기를 들었지만 그의 이야기를 모두 믿을 생각은 조금도 없었다. 제스피아리스는 천왕의 입에서 자세한 연유를 듣고 싶었다.

"강림한 이유라, 이미 드래곤들도 어느 정도 알고 있으리라 생각하는데, 마계의 마족들이 중간계를 노리고 속속 강림하고 있다는걸."

"그걸 막고자 중간계에 왔다는 건가요?"

"마족과 우리는 서로 제거해야 할 숙명을 타고 태어났으니까. 드래곤들은 이미 알고 있고, 우리의 힘을 빌릴 거라 생각했는데 아닌가 보군."

"그러려면 먼저 우리에게 이야기를 해야 하는 것 아닌가요?"

"마족들이 드래곤을 포섭하려 한다는 소식이 있어서 함부로 움직이지 못했지. 그 부분이 기분 나빴다면 사과를 하도록 하지."

"……."

입을 닫은 제스피아리스의 표정은 복잡했다. 마왕을 만나고, 천왕도 만나서 모두 이야기를 들어보았다.

하지만 그녀는… 누구의 말도 믿을 수 없었다.

마족은 천족을 탓하고 있고, 천족은 마족을 탓한다.

중간계를 수호하는 드래곤 입장에서 두 종족 모두 침략자에 지나지 않았다.

당장 쫓아내도 이상하지 않지만 지금 당면한 상황을 어떻게 처리해야 할지 머릿속이 뒤죽박죽이 되었다.

이미 진실을 알려도 어떤 취급을 당하는지 두 눈으로 직접 보지 않았던가.

오히려 비웃음만 사지 않으면 다행이었다.

"제게 뭘 원하는 거죠?"

"우리들과의 협력."

"마족을 물리치면 순순히 물러날 건가요?"

"물론."

흔쾌히 대답하지만 오히려 그 태도가 눈에 밟히는 제스피아리스였다.

호감 가는 미소를 지으며, 선한 표정을 짓고 있는 모든 것이 위선으로 여겨졌다.

"일단 생각은 해보도록 하겠어요."

"저런, 우리가 중간계를 위해 이 정도로 노력을 해주는데 확답을 듣는 것도 어렵다는 건가."

"저 혼자 결정을 내릴 수 있는 사안이 아니니까요."

"믿음이 가는 드래곤의 확언이 있다면 우리가 좀 더 적극적으로 힘을 보태줄 수 있을 것 같군."

협조를 요청하고 있지만 그 속에 깃든 강압과 도발을 느꼈다. 만약 여기에서 발끈하여 약속을 해버리면 그대로 그것에 얽매이게 된다.

상대가 그마저도 계산하고 있다는 생각이 들자 제스피아리스는 소름이 돋는 걸 느꼈다.

"아무런 확답도 할 수 없는 걸 이해해 주세요."

"겁을 먹은 건가?"

"네, 겁이 나네요. 그래서 저는 이만 물러가보도록 하겠어요."

더 이상 대화를 나누다가는 저들의 위선에 물들어버릴 것 같았다. 마치 전염병처럼 치명적이기에 제스피아리스는 피하는 걸 선택했다.

스파앗!

순백의 빛에 휩싸인 그녀는 그대로 자취를 감추었다. 그녀가 사라진 곳을 빤히 바라보던 천왕은 안타까운 표정을 지으며 입맛을 다셨다.

"웜급 정도로 보이는데 세상 물정을 어느 정도 알고 있다는 건가."

적당히 자존심을 자극하면 협력을 얻어내는 것 정도는 가능하다고 생각했는데, 자신의 착각에 지나지 않는 듯했다.

아쉬움이 앞섰지만 그렇다고 절실하지는 않았다.

"내 할 일을 하는 수밖에 없군."

그 말을 끝으로 천왕의 신형도 흐릿하게 바뀌더니 그대로 자취를 감추었다.

공간 이동으로 로운 후작가에 도착한 제스피아리스는 그대로 자리에 무너졌다.

드래곤인 그녀가 공간 이동 여파로 속이 뒤집힐 리 없었다. 그럼에도 이마에 송골송골 맺힌 땀은 얼마나 힘든지 알게 해주었다.

"하아! 하아!"

긴장하지 않은 척했지만 천왕과 마주하면서 내내 계산의
연속이었다.

말 한 마디라도 잘못하면 그대로 얽혀 버릴 것 같은 치명적
인 모습.

그전까지 천족은 마족의 대항자로, 드래곤에게 훌륭한 조
력자가 될 수 있다고 배웠지만 그들의 위선을 알게 되면서 마
족보다 더한 거부감을 느끼게 되었다.

"갔다 왔군."

한참 동안 거칠어진 호흡을 가다듬던 그녀의 귓가로 티엘
의 목소리가 파고들었다.

고개를 든 그녀는 날 선 눈으로 그를 바라보며 물었다.

"…그곳에 천왕이 있는 걸 어떻게 알았죠?"

"파악하는 수가 있으니까. 눈빛을 보아하니 직접 마주쳤나
보군."

"맞아요. 그와 대화를 나누면서 천족이란 종족이 얼마나
위선적이고 위험한지 알게 되었어요."

"위험이라, 확실히 위험하기는 하지. 잘못 엮이면 모든 것
을 빼앗기고도 행복해할 수 있으니까. 그래도 먼저 피했나 보
군."

"제 질문에 대답해요. 천왕이 그곳에 있는 걸 어떻게 알았
죠?"

제스피아리스는 당장에라도 드래곤 로드인 카스피스에게 천왕의 강림 사실을 알리고 싶었다. 하지만 그의 위선적인 면을 고발할 수 없다는 걸 알고, 이해시킬 수 없다는 것도 알았기에 함부로 행동에 옮길 수 없었다.

그녀가 필요로 하는 것은 티엘의 대답이었다.

"오래전부터 천족의 강림에 대비를 해왔지. 전 대륙을 커버할 수는 없지만 제국 정도는 천족의 동태를 파악할 수 있는 수단이 있다."

"그럼… 지금 당장 제거하는 게 옳지 않나요?"

그렇게 위험하다고 하면서 정작 제거에는 소극적인 티엘의 태도가 이해되지 않았다.

직접 천왕과 마주하고, 그 위험함을 느낀 제스피아리스는 독촉의 의미를 담아 그를 바라보았다.

"마음은 그런가 보지만 세상일이 내 뜻대로 쉽게 돌아가지 않지."

"무슨 뜻이죠?"

"천왕을 제거하면 균형이 맞지 않으니까."

"균형이라면 설마……."

"마족의 힘이 더 강해지면 어떻게 나올지 모르니까 서로 견제할 수 있도록 세력 비율을 맞추고 있는 것이다."

"…당신은 미쳤어요."

소름 끼치는 그의 말에 제스피아리스의 표정이 처참하게 구겨졌다.

설마하니 천왕마저도 그가 그리는 그림의 한 패가 될 줄이야.

그러면서 언제든지 제거할 수 있을 것 같다는 그의 자신감에 기가 질렸다.

"당장은 충격이 크겠지만 결국 시간이 해결해 줄 문제다. 그러니 인내심을 갖고 기다리도록. 그러면 내가 원하는 그림이 무엇인지 볼 수 있을 테니까."

"이해하고 싶지도 않아요."

"그럼 드래곤 로드에게 보고를 하든가. 하지만 믿어줄까?"

조롱하듯 하는 그 말에 반박의 여지가 없었다.

암울함으로 물든 제스피아리스는 고개를 푹 숙였다. 대체 자신이 무슨 죄를 지었기에 이토록 참혹한 진실을 감당해야 한단 말인가.

당장 자리를 박차고 사라지고 싶은 마음이 굴뚝같았지만 걸음을 옮길 수 없었다.

이미 시작된 게임 속에서 끝을 보고 싶은 마음이 그녀를 지배하고 있었다.

"천왕과 레디븐 백작이라, 내 시야에 두는 것이 여러모로 편하겠지."

　제스피아리스가 어떤 생각을 하든, 자신의 범위 안에 천족
을 둔 것에 티엘은 마족한 표정을 지었다.

제5장
아수라장

제국이 뒤집혔다.

황도 찬탈!

히드로 2세가 제국 북부를 병탄하기 직전에 군을 동원한 레디븐 백작은 황도를 함락시키는 변수를 낳았다.

이런 일이 발생할 줄 몰랐기에 제국 각 지방이 느낀 충격은 거대했다.

허수아비 황제에서 온전히 중앙 권력을 장악한 히드로 2세가 구석으로 밀려난 레디븐 백작가에게 황도를 빼앗길 거라 생각하는 이는 없었다.

특히 황도 공략 과정에서 절대강자인 하브리스 공작을 제거했다는 소식이 더 큰 반향을 일으켰다.

근위기사단장이자, 충성의 상징인 그가 죽었다는 것은 히드로 2세가 황제로서 제 구실을 하기 힘들어졌다는 것을 의미했다.

원정군을 이끈 그는 아직 제국 북부 전체를 장악한 것도 아니며, 남쪽으로 강력한 적을 두게 되었다.

특히 더 이상 제국은 버틸 수 있는 여력이 없다고 천명한 레디븐 백작의 외침에 수많은 이의 시선이 주목되었다.

제국은 다시 한 번 혼란의 도가니에 휩싸였다.

황도를 장악했지만 레디븐 백작이 해야 할 일은 많았다.

인근 영주들에게서 확실하게 충성서약을 받아야 했고, 자신을 적대하던 귀족들의 처벌도 반드시 필요했다.

권력가였던 그에게 붙었다가 떨어져서 황제에게 빌붙은 귀족들은 모조리 체포되고, 재산이 압수된 뒤 목숨을 잃었다. 이렇게 죽은 귀족들의 숫자가 천 명이 넘었다.

제국의 기득권층을 형성한 그들이지만 죽이는 데 있어 전혀 망설임이 없었다.

내부 단속을 먼저 한 뒤 그가 한 일은 로운 후작가로 사신을 보내는 것이었다.

만약 로운 후작가가 불순한 의도로 움직인다면 위아래로 강적과 맞서야 했기에 가장 큰 위협이 될 수 있는 로운 후작가를 구슬리고자 한 것이다.

"후작 각하를 뵙습니다."

"직접 찾아왔군."

레디븐 백작의 오른팔이자, 최고의 공신인 제이안이 직접 찾아오자 티엘의 입가에 묘한 미소가 걸렸다.

"주군께서 후작 각하에게만큼은 직접 뵙고 설명을 드려야 한다고 말씀하셨습니다."

"호오……."

낮게 감탄사를 흘렸지만 티엘의 두 눈은 여전히 변화가 없었다. 제이안 또한 그것을 감지했기에 침을 삼키며 머릿속으로 생각을 정리했다.

여기에서 자칫 잘못하다가는 로운 후작가를 적으로 돌려 포위되는 형국을 만들 수 있었다.

"그래, 제국에 본격적으로 반기를 든 레디븐 백작이 내게 뭘 원하는 거지?"

"주군께서는 후작 각하와 휴전을 원하십니다."

"휴전이라고?"

"예, 지금 상황에서 서로 벌이는 충돌은 무의미하다고 판단하셨습니다."

그럴듯한 말이지만 티엘은 피식 웃음을 지었다.

"제국에 반기를 든 자와 휴전이라, 결국 나도 한통속으로 몰아넣는 것 같은데."

"그럴 리가 있겠습니까? 주군께서는 절대 후작 각하를 이용할 생각이 없습니다."

"결국 내 힘과 충돌을 피해보겠다?"

"…하하!"

거침이 없는 그의 말에 제이안은 어색한 웃음을 지을 수밖에 없었다.

저것이 강자의 여유라는 생각이 절로 들었다.

그러면서 한편으로는 한 가지 생각이 머릿속을 스쳤다.

'로운 후작과 천왕께서 겨룬다면 누가 이길 것인가?'

그 부분에 대해서 확신할 수는 없다.

한 가지 분명한 것은 이제 서른이 된 저 괴물은 신에 버금가는 모습을 보여준 천왕을 꺾을 수 있는 인간이라는 점이었다.

책사인 제이안은 자신들에게 닥칠 수 있는 최악의 상황만큼은 모면하고자 했다.

"내게 보고를 했고, 나도 이야기를 들었으니 세부적인 사안은 참여할 이유가 없겠지. 나머지는 책사들과 이야기를 해보도록."

자리에서 일어난 티엘은 그대로 자리를 벗어났다. 황당하기 그지없는 행동이지만 이미 한차례 겪어본 적 있는 제이안은 당황하지 않았다.

상대하기 까다로운 것이 티엘이지만 그보다 더 어려운 것이 바로 로운 후작가의 책사들과 머리싸움이다.

머릿속에 제국 전체를 좌지우지할 수 있는 그들과 최대한 얻어낼 수 있는 걸 얻어내는 게 그가 할 일이다.

"……."

전신에 엄습하는 부담감으로 제이안의 표정이 딱딱하게 굳어갔다.

로운 후작령에 갔던 제이안은 일주일도 되지 않아 황도에 도착했다.

그때까지 황도 내에서 수많은 귀족을 처형하여 레디븐 백작을 따르는 이들도 빼곡하게 채워졌다.

그럼에도 제이안을 가장 먼저 맞이한 것은 그가 로운 후작가와의 일을 얼마나 중요하게 여기는 것인지 알 수 있었다.

"이야기는 잘됐나."

"예, 일단 불가침을 약속 받아내는 데 성공했습니다."

"다행이군."

잔뜩 굳어 있던 레디븐 백작의 표정이 밝아졌다.

"요구 사항은 없었나?"

"물론 있었습니다."

"있었다고?"

제이안의 대답에 레디븐 백작의 표정이 묘하게 바뀌었다. 그것을 보았지만 그는 이야기 나눴던 내용을 무시하고 넘어갈 수 없었다.

"그들은 주군께서 처한 상황을 십분 이해하고 있었습니다."

"그런가?"

"예, 그런 만큼 자신들의 입장이 얼마나 중요한지 잘 파악하고 있었습니다. 그래서 주군과 로운 후작가 모두에게 도움이 되는 방향으로 이야기를 하고자 했습니다. 물론 그 내용에 대해서는 외부에 언급하지 않을 것을 약속 받고자 했습니다."

"약속이라면 우리에게 어느 정도 도움이 될 수도 있겠군."

부정적인 견해를 드러냈지만 로운 후작가의 움직임을 묶어 둘 수 있다면 결코 손해가 아니란 것이 레디븐 백작의 생각이었다.

"그 정도가 최선이었습니다, 죄송합니다."

"저들은 아쉬울 것이 없으니 강하게 나왔겠지. 어려운 상황에서 잘해냈으니 만족스럽다."

"감사합니다."

"이제 해야 할 일은 히드로 2세를 무너뜨리는 것뿐인가."

황도를 잃고, 인근 일대를 빠른 속도로 접수하고 있는 지금, 히드로 2세에게 남은 것은 고향을 점령당한 원정군과 아직 온전히 흡수하지 못한 그리퍼의 세력뿐이었다.

"시간은 주군의 편입니다."

제이안도 웃음을 지으며 레디븐 백작의 생각을 지지했다. 그러던 중, 한 줄기 목소리가 두 사람의 대화 사이로 파고들었다.

"한 가지 궁금한 게 있는데."

"말씀하십시오."

조금 전까지 자리에 존재하지 않던 천왕이었다.

그는 거침이 없던 레디븐 백작과 제이안이 이렇게 조심스러운 모습을 보이는 이유가 무엇인지 좀처럼 이해하기 힘들었다.

"그대들의 힘도 약하지 않고, 기세 또한 상당하다. 그런데 이렇게 조심하는 이유가 있는가?"

"으음!"

그 말을 들은 레디븐 백작은 침음을 흘렸다. 제이안도 어떻게 말을 해야 할지 몰라 힐끗 천왕을 바라볼 뿐 다른 말을 하지 않았다.

"할 말이 있으면서 못하는 것처럼 보이는군."

"죄송합니다, 천왕의 자존심을 상하게 만들 수 있는 말이어서 그렇습니다."

"내 자존심이라?"

대체 무슨 말이기에 자신의 자존심까지 상할 수 있다고 하는 것인가.

천왕의 입가에 묘한 미소가 걸렸다.

"나는 괜찮으니 말해보게."

"…기분이 나쁘실 수 있습니다."

레디븐 백작의 재촉 담긴 눈빛을 받은 제이안이 조심스럽게 말했다.

"괜찮네."

"이번에 휴전을 신청한 로운 후작은 인간 중 최강으로 꼽히는 인물입니다."

"일전에 상대한 인간보다 말인가?"

천왕이 언급한 인물이 하브리스 공작이라는 것을 알아차린 제이안이 고개를 끄덕였다. 그 또한 굉장한 절대강자였지만 결국 천왕에게 패했다.

"그보다 더 강한 실력자가 적어도 둘입니다."

"호오……"

"그리고 둘 중 한 명은 마왕과 접전을 벌이기도 했습니다."

"마왕과 접전이라고?"

그의 눈에 서린 흥미로움이 더 강렬해졌다. 인간의 몸으로 마왕과 접전을 벌였다는 것은 분명 놀라운 사실이었다. 또한 그들이 왜 말을 하길 망설였는지 깨닫게 되었다.

마왕과 천왕은 동급으로 일컫고 있으며, 그 차이는 거의 존재하지 않는다고 한다.

자신이 인간과 비슷한 수준으로 취급받을 수 있다는 말처럼 들릴 수 있다는 걸 깨달은 것이다.

"재미있군. 마왕과 접전을 벌일 정도라면 제법 재미있는 상황이 만들어지지."

대수롭지 않은 모습을 보였지만 여전히 그들의 태도에는 변화가 없었다.

"그게 끝이 아닙니다."

"아니라?"

"한 명은 마왕과 접전을 벌였지만 다른 한 명은 마왕을 꺾었습니다."

"……."

충격적인 말에 천왕의 입가에 서려 있던 미소가 지워졌다. 그만큼 일개 인간이 마왕을 꺾었다는 소식은 충격일 수밖에 없었다.

"마왕을 꺾었다라?"

"예, 그걸 지켜본 숫자가 수십만입니다. 제 말은 거짓이 아닌 사실입니다."

"놀랍군. 그가 누구지?"

"로운 후작입니다. 그는 제국이 아닌 대륙을 통틀어 가장 강한 인간입니다."

"한번 보고 싶군."

마왕을 꺾은 그를 제거하면 천왕은 마왕보다 더 강하다는 사실을 모두에게 알릴 수 있다.

흥미로운 그의 표정을 보고 제이안은 입술을 지그시 깨물었다.

마왕과 천왕의 대립 구도를 알고 있기에 이런 반응을 보일 거라 생각했다. 자칫 최악의 상황으로 흘러갈 수 있음을 느낀 그가 말했다.

"머지않아 기회가 생기리라 생각합니다. 그때까지 기다려주실 수 있겠습니까."

"기회를 만들어주는 건 나쁘지 않은 일이지. 기대하도록 하지."

흥미가 있는 듯하지만 결코 만용을 부리지는 않는다. 제이안은 마왕과 천왕의 차이가 자신의 감정을 다스리는 점이라고 생각했다.

그리고 이러한 부분은 자신에게 있어 결코 나쁜 영향을 끼치지 않으리라.

"히드로 2세를 이대로 두는 게 좋나?"

잊고 있던 것이 떠오른 듯, 레디븐 백작이 입을 열었다.

"전열을 가다듬고 있지만 쉽지 않을 것입니다. 어떠한 것도 주군의 뜻대로 이루어질 수 있습니다."

"우선 우리의 세력을 공고히 하도록 하지."

"예, 주군!"

고개를 숙인 제이안이 힘차게 대답했다.

레디븐 백작과 암묵적인 휴전을 맺었지만 그것은 책사들의 의견이 아니었다.

그들은 황실을 존중하고, 그 영향력의 확대를 지지하는 인물은 아니지만 제국이라는 울타리는 로운 후작가에 필요한 것이었다.

제이안이 방문할 무렵, 이미 휴전 협력을 맺으라는 말을 들었기에 최대한 얻을 것을 얻어내는 수밖에 다른 도리가 없었다.

하지만 가슴속을 지배해 나가는 의문을 참지 못하고 티엘을 찾았다.

"주군의 의도가 궁금합니다."

"의도라……."

토릭슨의 물음에 티엘은 턱을 매만지며 생각에 빠져들었다.

과연 그들에게 모든 사실을 밝혀야 하는지에 대해서 여러 가지가 떠올랐다가 사라졌다.

더 이상 인간의 역량으로 해내기 힘든 이 과정들을 감당할 수 있을지, 바뀌어 가는 상황을 정확하게 예측해 낼 수 있을지 말이다.

'하긴 사용해 보지도 않고 내 멋대로 행동하는 건 좀 그렇게 보이겠지.'

전생에서 한 국가의 재상이 되었던 이들이었다. 인간의 힘으로 무엇도 할 수 없지만 여건이 받쳐준다면 충분히 제 몫을 할 수 있을 거라고 여겨졌다.

"레디븐 백작이 어떻게 황도를 점령했는지 이유에 대해 알고 있나?"

순간 토릭슨의 눈에 이채가 스쳐 지나갔다.

"…주군께서는 알고 계시는 겁니까?"

정보부에서도 레디븐 백작이 황도를 장악할 수 있었던 이유에 대해서 말이 분분했다.

객관적으로 레디븐 백작가의 전력으로 이렇게 압도적인 전투를 벌여 황도를 장악한다는 것은 불가능하다는 결론이 나왔다.

전체적인 전력도 전력이거니와, 절대강자의 존재 유무가
결정적인 역할을 했다.

황도를 수호하던 하브리스 공작의 존재는 레디븐 백작이
넘볼 수 없는 높은 산이었다.

그런데 하브리스 공작을 죽이고 황도를 점령했다?

믿기지 않는 사실이 아닐 수 없었다.

토릭슨을 비롯한 군사부의 책사들도 티엘의 말을 받아들
인 이유가 레디븐 백작이 품고 있는 한 수가 무엇인지 알지
못해서였다.

"알고 있지."

"그럼 휴전 협정을 받아들이라는 것도……."

"충돌을 벌여도 상관은 없지만 여러 가지 생각이 많았다.
그리고 한 번쯤 믿어보는 것도 나쁘지 않다고 여겼고."

"말씀해 주십시오."

하브리스 공작을 처치한 변수를 알아야 앞으로 레디븐 백
작을 상대하기 용이했다.

"감당할 수 있나?"

"…무슨 뜻으로 하시는 말씀인지 여쭤봐도 되겠습니까?"

"간단하다. 하브리스 공작을 제거한 건 인간이 아니거든."

"마왕입니까?"

가장 먼저 스쳐 지나간 것은 마왕이었다.

영리한 그의 머리는 빠른 속도로 생각에 생각을 이어나갔는데, 레디븐 백작이 헤셀 백작이 지배하던 세이주 지방을 차지하고, 그곳에서 마왕을 소환하는 방법을 얻은 것이 아닐까 하는 데에 생각이 미쳤다.

"상상력이 풍부하군."

"무슨 뜻인지?"

"마왕은 아니라는 의미다."

"아니군요."

고개를 절레절레 저은 토릭슨이 한숨을 내쉬었다. 그래도 최악의 상황이 아니라는 것에 적잖이 안도를 느꼈던 것이다. 하지만 그다음 이어진 티엘의 말은 순식간에 그의 기분을 엉망으로 망가뜨렸다.

"레디븐 백작 옆에 있는 건 천왕이다."

"천왕?"

"천족을 지배하는 왕이라고 봐도 무방하지."

"천족의 왕이라면 분명 신을 받드는 빛의 종족이 아닙니까? 그들이 왜 레디븐 백작 옆에……."

토릭슨의 중얼거림이 대륙에 거주하는 대부분의 인간이 가지고 있는 생각이었다.

천족은 빛의 종족이며, 신의 사도로 인간에게 행복을 가져다주는 존재다. 그들의 머릿속에는 그러한 인식이 깊게 박혀 있었다.

"대부분 천족의 정의를 그렇게 내리고 있지. 하지만 천왕
도 결국 신은 아니다. 오히려 마왕과 비슷하게 욕망이 넘치는
존재지. 레디븐 백작과 천왕의 이해관계가 일치했다면 어떻
게 생각이 되지?"

"…천왕이 마왕과 다를 바가 없다는 뜻입니까?"

"오히려 더 위험하지. 그들은 오로지 자신의 영광만 머릿
속에 자리하고 있으니까."

"……."

충격적인 말에 토릭슨은 할 말을 잃고 말았다.

결국 레디븐 백작의 옆에 마왕보다 더 위험한 천왕이 존재
하고 있다는 의미였다.

"휴전을 하라고 한 것은 천왕을 상대하기 어려워서입니
까?"

어렵다는 표현을 썼지만 그 이면에는 상대하기 버겁지 않
냐는 의미가 깃들어 있었다.

마왕을 상대해서 꺾은 것이 티엘이었다. 마왕과 천왕이 동
급이라면 충분히 감당이 가능할 수 있다는 것이 그의 생각이
었다.

하지만 티엘에게서 나온 대답은 그의 생각과 판이하게 다
른 것이었다.

"천왕을 상대하는 방법은 간단하지 않다."

"그게 무슨……."

"마왕은 대부분 성격이 급하고 감정이 잘 드러나지만 천왕은 위선적이고 자기 자신을 잘 포장하지. 그러니 인간들은 빛의 종족이라는 이유만으로 알 수 없는 호의를 품는다. 이것이 가장 껄끄러운 이유였다."

전생의 경험에서도 마족과의 전투는 중간계를 피폐하게 만들었지만 천족과의 전투는 끊이지 않는 분란의 씨앗을 만들어 혼란이 지속되게 만들었다.

당시를 기억하고 있는 티엘로서는 천왕이 어떤 존재인지 좀 더 자세하게 파악할 필요성을 느끼고 있었다.

"네게 이런 이유를 말하는 건 간단하다."

"왜입니까?"

"천왕이 등장한 이상 인간의 역량은 미치기 힘들다는 생각을 했지. 하지만 너희는 머리가 좋으니 한 번 생각을 들어보는 것도 나쁘지 않을 것 같다고 생각이 되었다."

"……."

"앞으로 레디븐 백작을 상대할 때 천왕의 존재도 넣어서 진행을 해보도록. 최소한 마왕보다 한 단계 높게 설정을 해야 할 것이다."

"주군께서는 천왕을 상대할 생각입니까?"

"필요하다면. 레디븐 백작이 조용히 있으면 좋겠지만 천왕이 옆에 있는 이상 조용히 있을 가능성이 없거든."

"그게 무슨 말씀이신지?"

"강력한 힘이 손에 쥐어졌는데 그걸 가만히 두고 볼 인간은 없지 않나?"

티엘의 말이 결정적이었다.

힘이 없어 설움을 당했던 이가 힘을 손에 넣으면 어떻게 움직일지 정도는 유추해 보는 게 어렵지 않았다.

"맞는 말씀입니다. 전달하도록 하겠습니다."

"쓸 만한 계책, 기대하도록 하지."

"굳이 그걸 언급할 이유가 있나요?"

토릭슨이 나가기 무섭게 뾰족한 목소리가 티엘의 귀를 파고들었다.

한쪽에서 조용히 지켜보던 제스피아리스의 말이었다. 그녀의 얼굴에는 못마땅한 기색이 잔뜩 서려 있었다. 조금 전 티엘의 행동이 마음에 들지 않다는 의미였다.

"천왕을 상대하는 건 나로도 충분하지."

"그런데 왜죠?"

"간단해. 천족 녀석들은 간교하기로 따지면 마족보다 한 수 위지."

"그게 무슨 상관인데요."

"말 그대로다. 천왕을 상대하는 건 나로도 충분하지만 그 녀석에게 홀린 인간들은 인간이 상대하는 게 낫겠지."

"……."

"설마 그냥 브레스로 쓸어버리면 된다고 생각한 건 아니겠지?"

"그, 그럴 리가요!"

미처 생각지 못한 부분이었기에 자신의 약점이 드러난 것처럼 제스피아리스는 화들짝 놀라면서 날 선 목소리로 외쳤다.

"이미 다 드러나는데."

"드러난 적 없거든요! 어쨌든 그 이야기를 들으니 어느 정도 납득은 되네요. 인간의 일은 인간끼리 해결하는 게 나을 테니까요."

"그것만 있는 건 아니고."

"다른 이유가 또 있다고요?"

"바로 절실함의 차이지."

"절실함?"

"처음부터 강한 힘을 쥐고 있으니 드래곤은 권태로운 성격을 갖게 되었지. 그와 다르게 인간은 언제나 필사적이야. 나는 내가 직접 모은 책사들의 그 절실함을 이용해 볼 생각이다."

"…당신은 드래곤이라는 종족을 얕보고 있군요."

"얕볼 리가. 오히려 많은 기대를 하고 있다는 걸 알아주었으면 좋겠는데."

"……."

피식 웃으면서 대꾸하는 티엘의 모습 어디에서도 진정성을 찾아볼 수 없었다.

제스피아리스의 표정이 싸늘하게 가라앉았지만 아무 말도 하지 않았다.

드래곤 회의에서 동족들이 보여준 모습은 그녀에게도 큰 충격이었으니까.

다만 그것 하나만으로 모욕을 당하는 걸 참아 넘길 만큼 그녀는 성격이 무르지 않았다.

"한 가지만은 알아둬요. 모든 걸 다 해결할 수 있을 것처럼 행동해도 당신에게 우리 드래곤의 힘이 필요하다는 걸요. 그런 만큼 모욕을 느낄 만한 말은 하지 않아줬으면 좋겠어요."

당장 전투를 벌일 마음을 먹고 한 말이었다. 그녀는 티엘이 날 선 모습을 보일 거라 생각했지만 그의 입에서 흘러나온 말은 예상과 전혀 달랐다.

"그러지."

"하아!"

"이렇게 순순히 대꾸할 줄은 몰랐나 보군."

"맞아요. 드래곤을 자극한 건 의도적이었던 건가요?"

"드래곤 모두가 그렇다고 생각하지는 않지만 평화에 젖은 고룡들은 엉덩이가 무겁거든. 너라도 어느 정도 각성을 하는 게 좋다고 여겼지."

"그래도 이런 태도는 좋지 못해요. 저는 적당히 자극해 줬으면 좋겠어요."

"만족할 만한 모습을 보여준다면 얼마든지."

"······."

천연덕스럽게 어깨를 으쓱하는 티엘의 모습이 그리 마음에 들지 않는 그녀였다.

황도를 빼앗긴 이후, 히드로 2세는 모든 전투를 중지하고 전열 정비에 들어갔다.

원정군 삼십만이 여전히 그의 휘하에 있었지만 가족들이 살고 있는 터전을 빼앗겼기에 느끼는 동요는 이만저만이 아니었다.

그럼에도 전열을 가다듬을 수 있었던 이유는 히드로 2세의 적극적인 움직임과 그리퍼의 적극적인 협력이 한몫을 하였다.

하지만 황도를 비롯한 세력의 기반을 빼앗긴 충격은 만만치 않았다.

"폐하……."

카본 대공은 깊은 생각에 잠겨 있는 히드로 2세를 보며 조심스러운 목소리로 입을 열었다.

"아아."

"힘을 내셔야 합니다."

"확실히 그렇게 해야겠지요."

간신히 정신을 차린 뒤, 대답을 하는 그였지만 목소리에는 힘이 담겨 있지 않았다.

고개를 절레절레 저은 카본 대공은 그리퍼가 서 있는 곳으로 시선을 옮겼다.

황도를 지키던 하브리스 공작과 글리센 백작이 목숨을 잃으면서 히드로 2세에게 올바른 방향으로 조언을 해줄 수 있는 인물이 사라졌지만, 그리퍼를 따르는 질렛과 실레반의 존재는 힘을 낼 수 있게 해주었다.

"질렛."

"예, 대공."

"현재 상황이 우리에게 좋지 않게 흘러가고 있다. 이 부분에 대해 해줄 수 있는 조언이 있는가?"

"죄송합니다. 현재 명확한 정보가 없는 만큼 확실한 간언을 드릴 수 없을 것 같습니다."

"그것도 틀린 말은 아니군."

"레디븐 백작이 황도로 진격할 수 있는 이유가 존재할 것입니다. 황도를 지키던 하브리스 공작님을 상대할 수 있는 비장의 수가 있기 때문입니다. 그것을 파악하지 못한다면 상황의 타개는 이루어지기 힘듭니다."

"…그대는 뭐라고 생각하는가?"

조용히 듣고 있던 히드로 2세가 질렛을 향해 입을 열었다.

그 물음에 잠시 생각에 잠겨 있던 그는 조심스럽게 대답했다.

"확실하지 않으나, 황도에 도달하기까지 보여준 레디븐 백작군의 진군 속도는 비정상이라고 할 만큼 신속했습니다. 그리고 그들의 진영에서 돌고 있는 '신의 가호'를 주목해야 한다고 생각합니다."

"신의 가호라고?"

"예, 사기를 고취시키기 위한 방편으로 보이지만 한편으로는 그런 존재가 레디븐 백작의 곁에 있었다면 효과를 만들어낼 수 있습니다."

"신의 가호라… 정말 신이 굽어 살핀다고 생각하는 건가?"

"제 생각에는 아닙니다."

"그럼?"

"추측일 뿐이라 확신할 수 없지만 레디븐 백작은 마왕을 소환했을 수도 있습니다."

"마왕이라고?"

질렛의 대답에 히드로 2세는 물론, 카본 대공도 반응을 보였다.

그만큼 그가 언급한 마왕의 존재는 가볍지 않았던 것이다. 하지만 달리 생각을 해보면 마왕이 함께하기에 레디븐 백작이 움직일 수 있는 이유가 만들어질 수도 있다는 생각이 들었다.

"마왕이라……."

"추측일 뿐입니다. 다만 레디븐 백작이 헤셀 백작가를 멸망시켰고, 그 과정에서 마왕을 소환하는 방법을 손에 넣었을 가능성도 없지 않아 있습니다."

"그럴 테지."

마왕이 곁에 있다면 지금 벌어진 일련의 과정이 모두 이해가 되었다.

"지금 우리가 할 수 있는 최선은 무엇인가."

"가장 먼저 북부로 진군을 지속해야 합니다."

"황도가 아니라 북부로?"

"예, 시간을 두고, 황도의 병사들이 생각할 시간을 주게 되면 사기가 저하되게 마련입니다. 그렇게 되지 않도록 정신없이 몰아붙여서 전투가 이루어지도록 해야 합니다. 북부 전체를 폐하의 손에 쥐게 된다면 반전의 계기를 만들 수 있다고 생각합니다."

질렛의 말은 일견하기에 타당하다는 느낌이 들었다. 고개를 끄덕이던 히드로 2세는 실레반에게 시선을 옮기며 물었다.

"그대의 생각도 그런가?"

"예, 폐하. 개인적으로 레임 공자를 싫어하는 것이 아니라 현재 폐하께서 취할 수 있는 가장 좋은 방법이라는 생각이 들었습니다."

"숙부님의 생각은 어떻습니까?"

"제 생각도 비슷합니다. 이대로 흘러가면 위아래로 적대하는 세력에게 포위될 수 있으니 타개를 위해 움직여야 합니다. 그리고……"

"그리고?"

"로운 후작과의 관계도 개선해야 합니다."

아직 레디븐 백작과 로운 후작 사이의 휴전이 맺어진 것을 몰랐기에 카본 대공은 그들의 개입을 우선적으로 요청했다.

"그리퍼."

"예, 폐하."

"그대를 로운 후작가로 파견하겠다. 로운 후작을 만나 도움을 요청하도록."

"……"

그리퍼는 입술을 지그시 깨물었다. 고개를 숙이고 있어서 드러나지 않았지만 그의 마음은 참담하기 그지없었다.

가문의 명운을 존속받고, 자신이 취할 수 있는 최선의 판단이라 여겼지만 항복을 하기 무섭게 황제는 힘을 잃었다. 이러한 상황에서 자신이 지닌 세력이 부담스럽게 여겨지는 건 당연한 일일 터였다.

아마 자신이 사절로 떠난 뒤 돌아오면 히드로 2세는 모든 것을 자신의 세력화시키리라.

하지만 거절할 이유는 없었다.

질렛과 실레반의 안쓰러운 눈길이 느껴졌지만 그는 입을 다문 채 대답했다.

"…명을 받들겠습니다."

대략적인 그림이 그려졌지만 여전히 답답한 요소는 곳곳에 산재했다.

회의를 마치고 밖으로 나온 카본 대공은 눈을 감았다. 평생 뜻을 나눈 친우의 죽음은 그의 가슴 깊숙한 곳에 강렬한 파장을 일으켰다.

"이대로 두고 봐야 하는가."

제국 북부를 병탄한다고 해도 황도를 비롯한 중부와 동부를 장악한 레디븐 백작을 상대하는 것은 어려운 일이 될 것이다.

하물며 저들에게 마왕이 버티고 있다면 대치 구도는 고착화가 될 것이다.

전체적인 전력의 열세가 이루어지면서 히드로 2세는 궁지에 몰리게 되었다.

이런 상황에서 카본 대공도 선택을 해야만 했다.

이대로 묵묵히 곁에서 보좌를 해야 하는 것인가, 아니면 자신도 능동적으로 움직여야 하는 것인가.

"로즈……."

카본 대공의 머릿속에 자리하고 있는 것은 딸인 로즈였다.

자신조차 감당할 수 없는 강력한 실력자.

그녀가 도움을 준다면 답답하기 그지없는 지금 상황에 숨통이 트이게 될 것임이 분명했다.

하지만 과연 로즈가 자신의 부름에 답을 할 것인가?

"내가 괜한 분란거리를 만드는 것일 수도 있겠군."

히드로 2세가 그녀를 향해 어떤 집착을 보였는지 잘 알고 있었기에 카본 대공의 마음속 혼란은 커져만 갔다.

적막이 자리한 공간 속에서 슈크라인과 켈그라인이 우두커니 서 있었다.

하지만 주변에 흐르는 기류는 그리 안정적이지 않았다.

그들 앞으로 인영 하나가 조용히 걸어오고 있었다. 처음에는 자그마하던 크기가 점점 커지더니, 이내 둘을 압도할 만큼 커졌다.

"흐흐흐!"

인영의 입가에서 음산한 웃음소리가 흘러나왔다.

그것을 듣는 슈크라인의 표정이 일그러졌다. 그럼에도 인영은 개의치 않고 입을 열었다.

"보이는 꼴이 아주 처참하군."

"네놈이……."

"그만."

화를 참지 못하고 나서려는 슈크라인을 켈그라인이 제지했다. 그리고 바로 앞에 도달한 인영을 보며 경고의 의미를 섞어 말했다.

"이곳은 마계가 아니다. 한배를 탄 이상 자중하는 모습을 보여줬으면 하는데, 카이트론?"

"어이쿠, 나의 은인께서 그렇게 말을 해주시니 멈출 수밖에 없군."

"은인이라는 걸 알면 지금 같은 태도는 보이지 말았으면 좋겠군."

"그러지."

입꼬리를 말아 올린 인영은 검은 머리칼과 검은 눈동자를 지닌 미청년이었다. 이질적인 기운이 묻어나오는 그의 기세는 연신 주변에 물결치듯 균열을 일으키며 사방으로 뻗어 나가고 있었다.

"준비 상태는?"

"원하는 대로 이루어졌다. 약간의 시간만 주어지면 나머지는 알아서 해결될 것 같다."

"잘됐군."

미처 자신들이 하지 못한 부분까지 해낸 카이트론을 보며 켈그라인이 고개를 끄덕였다.

"나머지 할 일은?"

"그거야 너희가 할 일 아닌가? 흐흐, 설마 나한테 다 시키려고?"

"내게 신세를 졌다면 그 정도쯤은 해주는 게 좋을 것 같군."

"아아, 이래서 신세를 지는 건 싫다니까. 그렇다고 거절을 할 수도 없고."

앓는 소리를 냈지만 켈그라인은 그가 수락을 할 거라고 확신했다.

"그럼 보조가 필요한데, 도와줄 거고?"

"물론."

켈그라인이 흔쾌히 고개를 끄덕였지만 카이트론은 그의 옆에 선 슈크라인을 가리켰다.

"옆의 녀석은 아닌 것 같은데?"

"슈크라인."

"…알겠다. 협력하도록 하지. 하지만 명심해라, 카이트론. 이제 갓 마왕이 된 녀석이 함부로 나대면 좋지 못한 꼴을 겪을 거란걸. 난 이 녀석처럼 그렇게 속이 좋은 녀석이 아니야."

"명심하지, 전마왕 슈크라인."

비웃음 섞인 목소리에 슈크라인의 눈썹이 꿈틀거렸지만 켈그라인이 제지했다.

"카이트론도 일좌를 차지한 흑룡왕이란 걸 잊지 마라."

눈앞에 나타난 청년은 소멸된 카를렌스의 뒤를 이어 새로 흑룡왕에 오른 카이트론이었다.

"그걸 아니 숨통을 붙여놓고 있는 것이다."

"흐, 인간에게 패한 마왕에게 그런 소리를 들으려니 몸이 근질거리는군."

"네놈이 정녕……."

슈크라인에게서 폭발적인 기세가 발산되기 시작했다. 카이트론도 입가에 균열이 일어나면서 날카로운 눈으로 슈크라인을 바라보았다.

두 기운이 팽팽하게 맞서며 장내를 뒤덮을 때, 켈그라인이 굳은 얼굴로 말했다.

"우리의 목적이 마황의 강림이라는 걸 잊지 마라."

"……."

멈칫한 둘은 조용히 뒤로 물러났다. 하지만 둘을 휘감는 기세는 여전히 사나웠다.

"얼마 남지 않았으니 나머지는 마왕께서 중간계로 강림한 뒤 해결하도록."

"운이 좋은 줄 알아라."

경고를 남긴 슈크라인이 몸을 돌려 자리를 벗어났다. 과도하게 몸을 떤 카이트론이 입꼬리를 말아 올린 채 이죽거렸다.

"무서워서 몸이 저릿할 정도로군."

"무슨 일이지?"

갑자기 찾아온 클레디오 백작을 보며 티엘이 의문을 드러냈다. 그러다 이어진 말을 드는 순간, 그의 표정이 찌푸려졌다.

"천왕이 강림했다는 말을 들었다."

"비밀로 하라고 했는데."

"그 녀석들 탓은 아니다. 내가 재촉해서 얻어낸 결과니까."

"그렇군. 그래서 어떻다는 거지?"

"왜 녀석들을 처리하지 않고 지켜보는 거지?"

클레디오 백작은 처음부터 본격적인 용건을 꺼내 들었다. 그의 말을 들은 티엘은 턱을 매만지면서 생각에 잠겨 있다가 대답했다.

"천왕은 좀 더 까다롭기 때문이다."

"내가 하고 싶은 말이 그거다. 까다롭다면 먼저 처리하는 게 좋을 텐데."

"그래서는 뿌리를 뽑을 수 없으니까."

"뿌리를 뽑을 수 없어?"

"날 찾아온 건 천왕과 겨뤄보고 싶다는 말을 하기 위해서 아닌가?"

"…맞다."

정확하게 속내를 꿰뚫어 보자 클레디오 백작이 멈칫했다가 고개를 끄덕였다.

"지금 당장 겨루면 앞으로 나타날 더 강한 녀석들을 상대할 수 없지."

"시간을 보내고 기다리겠다는 게 그런 의미였군."

"물론."

티엘의 대답에 클레디오 백작은 고개를 끄덕이며 수긍했다. 더 강한 상대를 만나기 위해서라면 기꺼이 인내심을 갖고 수련에 임할 생각이 있었다.

마왕에게 패했던 쓰라린 기억을 지우기 위해서라도 천왕이란 종족을 반드시 꺾고 싶었다.

"한 가지만 더 묻지. 천왕이란 녀석은 마왕과 비교해서 어떻지?"

"맞상대했을 때를 말하는 거겠지?"

"당연하다."

"간단해. 마왕과 비슷한 수준이라고 생각하면 된다. 대신 마왕보다 공격의 위력은 약하고 좀 더 수법이 은밀하다고 보면 되겠지."

"은밀하다라……."

"어디까지나 개인적인 의견일 뿐이니까. 확실한 건 상대하기 골치 아픈 녀석이란 점이다."

"오히려 기대가 되는군. 알겠다. 호출이 있을 때까지 기다리지."

오랜만에 상대할 자가 나타났다는 사실에 클레디오 백작은 만족의 미소를 지으며 집무실을 벗어났다.

제6장
마황 강림

시간은 쏜살같이 흘러갔다.

황도를 잃은 히드로 2세는 군을 정비한 뒤 레임을 공격하기 시작했고, 레디븐 백작은 자신의 세력을 공고히 하기 위한 움직임에 들어갔다.

그런 가운데 티엘은 평범한 일상을 보내며 영지의 내실을 다졌다.

그 가운데 연일 치열하게 이어지던 군사부 회의에서 모든 내용을 정리한 토릭슨이 티엘을 찾아왔다.

"주군, 드릴 말씀이 있습니다."

"어느 정도 이야기들이 끝났나 보군."

"일이 많아서 밀도 높게 회의할 여지가 없었습니다."

"그 부분은 아쉽게 생각한다."

모든 일을 떠넘기고, 다른 대책까지 만들어 오라는 티엘의 행태에 토릭슨의 이마에 힘줄이 돋았지만 무력으로는 절대 어쩔 수 없는 상대였기에 한숨을 푹 내쉬면서 조용히 호흡을 골랐다. 그리고 티엘에게 시선을 고정한 뒤 정리된 회의 내용을 언급했다.

"오랫동안 다른 분들과 이야기를 나눴습니다. 그리고 주군께서 무엇을 염려하고 계셨는지, 무엇을 원하셨는지 알게 되었습니다."

"……."

티엘은 아무런 대답도 하지 않고 눈짓으로 계속 말해보라는 제스처를 취했다.

"그리고 내린 결론은 초월적인 존재인 그들에게 있어 평범한 인간들은 어떠한 도움도 되지 않기에 처음부터 배제하려고 했다는 결론에 이르렀습니다."

"내 의도를 정확하게 파악했군. 그래서? 난 내 생각을 알아달라는 게 아니라 그 녀석들을 상대할 방안에 대해서 계획하라고 했다."

"이제부터 그 부분을 말하고자 합니다. 우선 군사부에서 내린 결정은 주군께서 도움을 주셔야 실행을 할 수 있습니다."

"말해보도록."

평소에는 그런 단어를 사용하지 않고 뻔뻔하게 요구하던 그였다.

그런데 이번에는 도움이란 걸 먼저 언급하는 걸 보면 사안이 그리 가볍지 않을 수 있다는 것에 생각이 미쳤다.

그리고 토릭슨의 입에서 나온 말은 예상대로 만만치 않은 것이었다.

"…저희는 주군께서 왕이 되었으면 합니다."

나름 충격적인 말이었다. 그들은 그동안 그런 의향을 보이기는 했지만 이렇게 직접적으로 언급한 것은 이번이 처음이었던 것이다.

예전이라면 당연히 거절했을 테지만 상황은 전생 때와 많이 달라졌다.

턱을 매만지며 과거를 회상하던 티엘이 토릭슨에게 물었다.

"왜지?"

"더 이상 황실은 예전 역할을 할 수 없을 만큼 망가졌기 때문입니다."

"망가졌다라, 울타리가 사라졌으니 우리의 울타리를 세우겠다는 이야기로군."

"예, 황실이 명분을 쥐고 있다고 하지만 그것은 매우 약해진 상황입니다. 저는 그것을 적극 공략하고 지금 보유한 영지를 바탕으로 새로운 국가를 건국하는 걸 추천드리고 싶습니다."

"국가를 세우려는 이유는?"

"우선 주군을 중심으로 세력이 재정비되고, 더 이상 황실의 눈치를 보지 않고 자유롭게 군을 움직이고 작전을 펼칠 수 있기 때문입니다. 물론 그전에 황제의 무능함을 알리고, 마왕과 천왕이 강림한 것을 알려야 합니다. 천왕의 경우 긍정적인 이미지가 많은 만큼 부정적인 면을 알리는 게 효과가 크리라 생각합니다."

"황제를 깎아내려 명분을 얻는다고 해도 비난은 피할 수 없을 테지. 아마 큰 진통이 일어날 거다."

"그동안 주군이 실리를 취해오셨기에 큰 문제는 없을 것입니다. 부족한 병력으로 가문이 거대한 영지를 유지할 수 있었던 이유도 주군이라는 존재감이 제국 전체를 지배하고 있어서입니다."

"국가를 건국하는 건 생각해 보지. 계속 이야기를 하라."

"왕으로 즉위하게 되면 주군께서 자유롭게 움직일 수 있게 됩니다. 황제의 이미지를 깎아내린 뒤, 할 일은 레디븐 백작이 제국을 혼란으로 몰아넣은 이유를 조목조목 짚어내야 합니다. 그리고 천왕의 존재가 인간을 노예로 전락시킬 수 있다는 점을 부각시킨 뒤 대대적인 토벌 작전을 펼치는 형태로 가야 합니다."

토릭슨은 군을 운용하는 방법과, 레디븐 백작을 어떻게 궁지로 몰아넣어야 할지에 대해서 자세하게 설명을 이어나갔다.

"고민을 해봐야겠군."

"아직 많은 보완이 필요하지만 전체적인 윤곽은 어떻습니까?"

"괜찮다. 다만 내게도 협력자가 있어서 이야기를 나눌 시간 정도는 필요하지."

"협력자라고 하면?"

"자칭 중간계 수호자라고 하지."

"…드래곤!"

비명을 지르듯 중얼거린 그는 심각하게 굳은 표정으로 고개를 끄덕였다.

드래곤의 협력이라면 그야말로 중간계 전체에 어둠이 드리웠다고 해도 과언이 아닌 것이다.

"드래곤을 끌어들인다면 일이 더 쉬워질 것입니다."

"그렇게 확신하지 못할걸?"

"예?"

"수호자라고 하지만 굉장히 나태하고 자존심이 강해서 움직이기가 이만저만 힘든 게 아니니까. 오히려 최악의 결과를 낳을 수도 있지."

"그렇게 되면 드래곤을 배제하는 것도 하나의 방법이 될 것 같습니다."

"그 부분은 논의를 한 뒤 말해주지."

"예, 그럼 저는 주군의 대답을 기다리도록 하겠습니다."

티엘이 고개를 끄덕이자, 예를 취한 토릭슨이 집무실을 벗어났다.

혼자 남은 공간이었지만 그는 허공을 바라보며 입을 열었다.

"들어보니 어떤가?"

"확실히 나쁘지 않네요. 인간 관점에서 올가미를 목에 씌운 뒤 마음대로 할 수 있을 테니까요."

"비슷한 생각이군."

"하지만 허점이 많은 것 알죠? 천왕이 쉽지 않다고 한 건 바로 당신이에요."

"알고 있다. 천왕이란 녀석은 벌써 황도에 작업이 들어가서 확실하게 자신의 세력화를 시켜놨더군. 시간을 좀 더 주면 차근차근 천족 녀석들을 중간계로 불러들이겠지."

레디븐 백작이 점령한 황도는 천왕의 존재로 인해 인간의 지상낙원으로 소문이 자자했다.

이유는 간단했다.

천족의 권능을 적극적으로 활용하여 인간의 플러스 감정을 흡수하기 시작한 것이다.

이 힘이 쌓이면 천계에서 중간계로 향하는 통로를 열게 된다.

그 후에는 다수의 천족이 모습을 드러낼 것이고, 권능을 활용한 인간의 지배는 가속화가 될 것이다.

"그전에 끝내야 하는 것 아닌가요?"

"그건 네 바람이고."

"…위험해요. 저는 계획에 반대예요."

제스피아리스는 천족의 우두머리인 천황까지 중간계에 끌어들여 소멸시키려는 티엘의 속을 도통 이해할 수 없었다.

그만 허락을 했다면 몇몇 드래곤을 포섭하여 황도를 공략할 드래곤을 모집했을 것이다. 하지만 그는 한사코 거부했고, 실행으로 옮기지 못했다.

그 결과가 이것이다.

천왕은 자신의 울타리를 만들었고, 동료들을 끌어들이기 위한 계획을 착실히 진행했다.

"어쨌든 이번 보고로 인간이 제 역할을 할 수 있다는 걸 보여쳤군."

"…많이 부족하다는 말도 했어요."

"그건 보완해 나가면 되고. 조만간 드래곤 회의에 나도 참가해야겠어."

"드래곤 회의예요?"

"굉장히 부정적인 반응인데?"

깜짝 놀란 제스피아리스를 보며 티엘이 의미심장한 미소를 지었다.

자신의 속내를 들킨 것처럼 그녀는 황급히 고개를 돌려 외면했다. 하지만 거세게 뛰는 마음을 진정시키는 것은 매우 힘들었다.

"드래곤 회의에는 왜죠?"

"그야 드래곤들에게 할 이야기가 있으니까."

"제, 제가 할 수 있어요!"

"할 수 있는 건 알지만 그리 믿음직하지 않다는 걸 알게 됐지."

"그, 그래도 할 수 있어요!"

발끈한 제스피아리스가 소리를 질렀지만 티엘은 듣지 못한 척 고개를 돌려 외면했다.

"이미 정해졌고, 베레아스 영감에게도 말했으니 그렇게 알도록."

"아! 그분은 왜……."

이미 모든 일이 치밀한 계획 속에 진행되고 있다는 걸 알아차린 제스피아리스는 절망 어린 표정을 지었다.

거침없는 티엘이 드래곤 회의에 참석하면 어떻게 될지 눈에 훤했다.

기본적으로 인간을 무시하는 드래곤의 성향상, 티엘에 대해서 좋지 않은 말이 나올 것이고, 그 또한 결코 곱지 않은 언변을 지녔으니 충돌로 이어질 확률이 높았다.

그렇게 되면 인간과 드래곤의 연합은 제 힘을 발휘하지 못할 테고.

"염려하는 일은 없을 거라니까."

"네네, 그렇겠죠."

티엘의 말을 들었지만 대답하는 제스피아리스의 음성에는 힘이 담겨 있지 않았다.

"내가 그렇게 믿음직스럽지 못한 줄 몰랐군."

"왕이라……."

의기소침한 제스피아리스가 사라지고, 홀로 남은 티엘은 집무실을 벗어나 정원으로 걸음을 옮겼다.

낮게 읊조린 왕이라는 단어는 묘한 울림을 주고 있었다.

이미 보았던 미래에서 과거로 돌아왔을 때 왕이 될 거라는 생각은 해본 적도 없었다.

그저 가문의 성세를 키운 뒤, 자신이 간섭하지 않아도 잘 돌아갈 만큼 만들어놓고 유유자적 세상이나 돌아볼 생각이었다.

하지만 아무리 거대한 힘을 지니고 있어도 인생이 자신의 마음대로 흘러가지 않는다는 걸 깨닫게 되었다.

수하들을 거두고, 덤벼드는 녀석들을 족치다 보니 영지는 예상했던 것보다 몇 배 늘어났고, 세력도 왕국을 세워도 부족함이 없을 정도가 되었다.

무엇보다 혼인을 하고 자식들이 생기면서 티엘도 많은 것을 깨달았다.

"권력이 얼마나 부질없는지 알아도 놓기는 힘든 법이니."

이제는 물러나려고 해도 쉽지 않다는 것을 그도 알았다.

자신의 존재감으로 이 비정상적인 가문이 버티고 있음을 알고 있어서였다.

그랬기에 국가를 건국해 달라는 토릭슨의 말을 듣고 놀라지 않았던 것이다.

"아이들을 위해서는 이게 더 나은 일인가? 긍정적일지 부정적일지 모르겠군."

자신을 위한 일이라면 재고의 가치도 없다.

만사가 귀찮으니까.

다만 아이들에게 어떤 형태로 가문을 발전시켜야 미래에 더 좋을지 생각해 보게 되었다.

혼자의 몸이라면 결정도 빠르고, 일의 진행도 빨랐겠지만 가족의 운명이 달린 일에는 그렇지 못했다.

티엘의 상념은 길게 이어졌다.

답을 찾지 못한 티엘은 걸음을 옮겨 부인들을 찾았다.

아기를 재우고 책을 읽던 로웰린은 갑작스러운 방문에 놀란 표정으로 그를 맞이했다.

"갑자기 무슨 일인가요?"

"그냥 생각이 나서."

"…그 말도 달콤한 걸요? 차라도 한 잔 드릴까요?"

"나쁘지 않지."

허락이 떨어지자, 자리에서 일어난 로웰린이 차를 우려냈다.

"……."

곧이어 방 안에 차향이 가득 채워지기 시작했고, 그 모습을 티엘은 묵묵히 바라보았다.

"드세요."

찻잔을 든 그는 조용히 한 모금을 마셨다. 그리고 아무 말도 하지 않자 티엘과 로웰린 사이에 묘한 침묵이 맴돌았다.

예전이라면 숨이 턱턱 막혀 버릴 만큼 무거웠던 분위기였다.

하지만 세월의 힘은 그렇게 느껴졌던 침묵마저도 그렇지 않게 만들어줬다.

피식 웃은 로웰린이 입을 열었다.

"가끔은 이런 것도 좋아요."

"뭐가 좋다는 거지?"

"단둘이 있는 이런 자리요. 제가 원해서 한 혼인이기는 하지만 이렇게 될 거라고는 생각지 못했거든요."

"내가 굉장히 나쁜 남자가 된 기분인데."

"그걸 모르셨나요?"

입을 가린 로웰린이 '후후!' 하고 웃었다. 예전이라면 말한마디 붙이는 것조차 어려웠지만 함께 살을 맺고 살다 보니 곧잘 농담도 하곤 했다.

"세상에 쉬운 일은 없지. 적을 물리치는 것보다 좋은 남자가 되는 게 더 힘들다는 걸 알게 됐고."

"처음부터 좋다고 생각했어요. 그러니 심려하지 않아도 돼요."

"뭐, 그러고 싶은 마음이 강하지."

티엘과 로웰린은 도란도란 대화를 나눴다. 특별한 주제가 있는 것도 아니고, 그렇다고 애정이 넘치는 달콤한 대화도 아니었지만 이렇게 편안한 분위기 속에서 이루어지는 대화에 마음이 편해지는 걸 느꼈다.

탁.

마음의 안정을 찾자, 자연히 이곳을 찾아왔던 용건이 떠올랐다. 찻잔을 내려놓자, 로웰린이 그의 눈을 빤히 응시했다. 그녀 또한 티엘이 무슨 말을 하고자 하는지 경청하려는 자세를 취한 것이다.

"한 가지 듣고 싶은 게 있어서."

"말씀하세요."

"군사부의 책사들은 내가 국가를 건국하길 원하더군."

"…왕이 된다는 건가요?"

"그런 셈이지. 제국은 사실상 유명무실해졌으니까."

황도를 빼앗기고, 북부에 몰려 버린 히드로 2세가 제국을 다시 살릴 가능성은 사라졌다고 봐도 무방했다.

"제 생각을 듣고 싶으신 건가요?"

"저들은 권력자의 관점에서 생각하게 마련이니까. 날 곁에서 지켜본 사람들의 생각이 궁금해지더군."

"저는 권력 관계가 어떻고 그런 걸 잘 몰라요. 하지만 한 가지 분명한 건… 후작님의 생각대로 해서 실패한 적이 없다는 걸 알아요."

"내 생각대로?"

"한 번도 실패하지 않아서 이렇게 성공할 수 있었잖아요? 제가 주제넘게 이렇다 저렇다 할 생각은 없어요. 단지 한마디 하고 싶은 게 있다면 왕이 된 늠름한 모습을 한 번쯤 보고 싶어요."

그 말을 끝으로 로웰린은 입을 다물었다.

의견을 말하지 않겠다고 했지만 그녀 입장에서는 자신의 생각을 말한 셈이었다.

티엘에게 왕이 되었으면 좋겠다고 했으니까.

"그런가……."

"다른 애들의 생각도 들어봐야겠죠. 하지만 저랑 비슷한 생각일 거라고 확신해요."

"들어봐야겠지. 단순히 가문의 일만 해결하는 건 아니니까."

국가를 건국하고, 왕이 되면 로웰린을 비롯한 여인들도 신분이 상승하게 된다. 그 부분에 있어 의견을 구해야 할 필요성은 있었다.

생각에 잠겨 있던 티엘은 무심코 찻잔을 바라보았다. 텅 비어 있던 찻잔에는 어느새 따뜻한 차가 가득 채워져 있었다.

자신이 자각하지 못한 사이 빈틈을 채워준다는 것, 그리 기분 나쁘지 않았다.

입가에 미소를 지은 그가 찻잔을 들어보였다.

"이런 시간 나쁘지 않군."

"저도요."

와아아아!

"……."

병사들이 함성을 지르며 승리를 자축하고 있었지만 그 광경을 바라보는 히드로 2세의 표정은 밝지 않았다. 옆에 있던 카본 대공의 얼굴도 어두웠다.

반년이었다.

거세게 저항하는 레임의 병력을 모두 처리하는 데 걸린 시간이.

자신에게 남은 길이 없다고 여긴 레임은 모든 병력을 끌어모으고 집요하게 버티려고 들었다.

히드로 2세는 속전속결로 제국 북부를 손에 쥐고 황도를 수복하고자 했지만 상대 또한 목숨이 걸린 상황에서 필사적으로 버텼기에 시간은 하염없이 흐르고 말았다.

"숙부님."

"예, 폐하."

"이제 간신히 제국 북부를 쥐었습니다. 하지만 아직 넘어야 할 산이 많습니다."

"…폐하의 역량이라면 어렵지 않게 해결될 문제입니다. 심려치 마십시오."

레임을 처리했다고 해서 제국 북부를 온전히 손에 넣은 것이 아니다.

그동안 윈스터 후작을 따르며 각지에 세력화시킨 귀족들을 끌어안아야 하고, 오랜 전쟁으로 지친 제국 북부의 자생력을 길러야 할 것이다.

모든 것이 역량이 아닌 시간을 필요로 하는 것들이다.

그것을 알기에 히드로 2세는 카본 대공의 위로에도 밝은 표정을 지을 수 없었다.

"로운 후작가의 도움도 받기 힘들고⋯⋯."

사신으로 보낸 그리퍼는 로운 후작가가 아닌, 그대로 레디븐 백작에게 투항했다.

이미 모든 것을 잃은 그는 히드로 2세의 손에 휘둘리기 싫다는 의중을 밝힌 뒤였다.

그리고 이 사실이 알려지면서 히드로 2세가 보내는 사신들은 매번 레디븐 백작의 손에 사로잡히거나 죽임을 당했다.

제국 북부에서 전쟁이 벌어지는 사이, 그는 라이오너 후작령까지 집어삼켜 히드로 2세를 완전히 제국 북부로 몰아넣는 데 성공했다.

히드로 2세 입장에서는 모든 숨통이 틀어 막힌 것과 다를 바 없었다.

"아직 기회는 있습니다. 실망하지 마십시오."

"실망하지 않으려고 해도 상황이 내 편이 아니라는 걸 알고 있습니다. 이대로 제국 북부를 안정시킨다고 한들, 독자적으로 레디븐 백작을 토벌할 수 있을 거라는 확신도 없지요."

"……."

그것이 진실이었기에 카본 대공은 침묵하는 수밖에 없었다.

시간이 흐를수록 전력의 차이는 더욱 커질 것이다.

"숙부님의 도움이 필요합니다."

"신은 폐하를 위해 목숨을 바칠 각오가 되어 있습니다."

"제가 원하는 건 숙부님의 목숨이 아닙니다. 숙부님, 저는 로즈 누님의 힘이 필요합니다."

"그건……."

"로즈 누님이 절 좋아하지 않는다는 걸 알고 있습니다. 그리고 이곳으로 돌아오는 과정도 쉽지 않을 거란 것도 알고 있고요."

카본 대공이 고민하는 부분을 먼저 짚어내는 히드로 2세였다. 그럼에도 부담스러운 표정을 지은 그는 뭐라 말을 하지 않았다.

"로즈 누님의 힘이 없고서는 어떠한 것도 할 수 없습니다."

"제가 부른다고 해서 온다는 보장도 없습니다."

"그래도 좋습니다. 한 번만 말을 전해주십시오. 저는 그것 만으로도 충분합니다."

이렇게까지 나오니 카본 대공으로서도 더 이상 뭐라고 거절할 말이 없었다.

잠시 머뭇거리던 그는 이내 결심을 굳히고는 고개를 숙여 보였다.

"…알겠습니다."

"부탁드립니다."

"예."

무거운 부담감이 카본 대공의 양어깨를 강하게 짓눌렀다.

제국 서북쪽은 몬스터의 서식지로 인간의 손길이 미치지 않은 평원이 존재한다.

어둠의 잔재인 몬스터는 어둠의 마나를 다루는 마족에게 있어 수하들과 다를 바 없었다.

켈그라인과 슈크라인, 그리고 후에 합류한 카이트론은 힘을 합쳐 마황 강림을 위한 준비에 심혈을 기울이고 있었다.

사아아아!

농밀한 어둠의 마나가 넘실거리며 주변 공간을 뒤덮고 있었다.

오래전 블랙 드래곤의 레어였던 이곳은 강림 의식을 위한 모든 준비가 갖춰져 있었다.

"준비는 다 되었군."

레어 공동에 그려진 소환진을 보며 켈그라인이 중얼거렸다.

그것을 바라보는 슈크라인과 카이트론의 얼굴에도 만족의 빛이 서렸다.

마황의 소환을 위해 그들은 오랫동안 심혈을 기울여 준비를 해야만 했다.

그리고 마침내 완성할 수 있었다. 마황이 중간계에 강림한다면 더 이상 누구의 눈치도 보지 않고 움직일 수 있게 된다.

"다른 녀석들은?"

중간계에 강림한 마왕의 숫자는 총 다섯이었다. 이곳에 셋이 있었으니 나머지 둘은 그동안 중간계에서 숨을 죽인 채 모습을 드러내지 않고 있었다.

그들은 오래전부터 카이트론과 교류를 하면서 준비를 해오고 있었다.

"각지에서 준비하고 있다. 어차피 우리까지 합치면 다섯밖에 되지 않으니 힘을 기르고 있는 게 더 좋게 먹혀들지 않나."

"틀린 말은 아니로군."

"이번 강림 의식이 가져올 여파가 궁금하군. 과연 중간계 수호자라고 자처하는 머저리 녀석들이 어떻게 행동을 보일지."

카이트론의 입가에 음산한 미소가 걸렸다.

중간계 수호자라는 자리를 버리고 마계로 옮긴 블랙 드래곤은 다른 드래곤에게 원한이 굉장했다.

그 이유는 간단했다.

어둠의 마나에 쉽게 적응하는 블랙 드래곤은 그 힘이나 흉폭함에 있어 레드 드래곤과 비견되었는데, 오랫동안 드래곤을 이끄는 위치에 서 있던 레드 드래곤 입장에서 마족과 유사한 블랙 드래곤을 은연중 경쟁자로 규정하고 배척해 왔다.

그것이 터져 버리면서 블랙 드래곤들은 더 이상 중간계에 발을 붙일 수 없게 되었다.

마계로 이주한 뒤, 블랙 드래곤 로드가 마왕으로 임명되어 중간계보다 나은 생활을 이어나갈 수 있었지만 자의가 아닌 타의에 의한 변화였기에 다른 드래곤에 대한 불만은 대단했다.

"드래곤과 상대하면 블랙 드래곤이 활약할 수 있는 자리는 마련해 놓을 것이다."

"그래야지. 그게 아니면 우리가 이렇게 협력할 이유가 없으니까."

이번 마황 강림에서 가장 큰 역할을 한 것은 카이트론과 블랙 드래곤들이었다.

마황이 중간계에 나타나면 마나의 흐름 자체가 뒤틀릴 만큼 커다란 변화가 일어날 것이다. 이는 중간계의 모든 드래곤이 경계를 갖게 되고, 준비할 시간도 없이 전쟁이 벌어질 수 있었다.

카이트론은 이 문제를 없애고자 했고, 그 과정에서 선택한 것이 선대 블랙 드래곤들이 남긴 드래곤 하트였다.

이곳 중간계의 일부였던 드래곤 하트는 거대한 힘의 응집체였고, 그것을 활용하면 마황이 강림할 수 있는 차원의 통로를 열면서 그 여파를 최소화시킬 수 있었다.

이 모든 것이 지금 이 순간을 위한 준비였다. 카이트론은 원한을 갚기 위해 자신이 지닌 모든 것을 전폭적으로 지원했다.

지금 강림을 위한 소환진 곳곳에 블랙 드래곤의 하트가 배치되어 있었다.

"이제 의식을 시작하지."

"물러나도록. 잘못해서 휩쓸리면 그대로 재가 될 수 있을 테니까."

카이트론이 말하자, 켈그라인과 슈크라인이 뒤로 물러났다. 카이트론은 소환진 앞으로 다가간 뒤, 드래곤 하트를 의지와 연동시키기 시작했다.

웅웅! 우우웅!

공동 전체를 뒤덮던 어둠의 마나의 양이 폭발적으로 증가했다.

그동안 갈무리되어 있던 드래곤 하트의 마나가 흘러나오면서 사방으로 뻗어 나갔다.

콰콰콰콰!

범람하는 강처럼 마나는 폭발적으로 사방에 뻗어 나갔다. 그 과정을 묵묵히 지켜보던 카이트론이 손을 뻗자, 무분별하게 뿜어지던 어둠의 마나가 한 줄기 강이 되어 소환진의 모양을 따라 움직였다.

은은한 검은빛을 띠던 소환진은 어둠의 마나가 주입되기 무섭게 칙칙한 느낌과 함께 주변의 마나를 모조리 흡수하기 시작했다.

주변 공기가 수분 하나 존재하지 않는 사막같이 느껴질 정도로 건조해졌다.

우웅! 우우웅! 웅! 우웅! 웅웅!

소환진에서 발산되는 빛이 더욱 짙어지면서 뿜어지는 빛의 양도 늘어났다.

그 힘의 여파가 더 이상 감당할 정도가 되지 않는 걸 느낀 카이트론이 뒤로 물러났다.

"됐나?"

켈그라인의 물음에 카이트론이 고개를 끄덕였다.

"성공이다."

"호오, 대단하군."

소환진의 움직임을 본 슈크라인의 입에서 나직한 탄성이 터져 나왔다.

그만큼 어둠의 마나를 주입한 소환진의 움직임은 마왕조차 감탄할 만큼 대단했다.

거대한 소환진은 끊임없이 어둠의 마나를 흡수했고, 그 양은 에인션트에 도달한 블랙 드래곤 하트 다섯 개에 해당했다.

단순 마나 폭사만 이루어져도 도시 하나쯤은 가볍게 증발시킬 수 있는 양이었다.

모든 어둠의 마나가 흡수되었을 때, 소환진은 더 이상 움직임을 보이지 않았다.

검은빛만 발산하던 소환진은 가볍게 떨리기 시작하더니 이내 사방에 검은빛을 뿌리며 폭사했다.

파아앗!

무시무시한 힘의 여파가 사방에 휘몰아쳤다. 전신이 갈가리 찢기는 것이 아닐까 싶을 정도로 거센 폭풍이었지만 세 마왕은 아무런 움직임도 보이지 않은 채 묵묵히 소환진을 주시했다.

힘의 폭사는 끊임없이 이어졌다. 힘의 크기가 더욱 커지고 있었지만 개의치 않고 지켜보면서 마계를 지배하는 위대한 존재의 등장을 각인시켰다.

"드디어……"

"왔군."

"흐흐흐, 아주 재미있게 되었어."

힘의 폭사 이후 드러난 광경을 보며 세 마왕이 저마다 감탄을 토했다.

마계에 있을 때 언젠가 뛰어넘을 대상에 지나지 않았지만 천족이라는 녀석들이 있을 때에는 누구보다 든든한 아군이었다.

소환진 위로 모습을 드러낸 것은 이십 대 중반으로 보이는 여인이었다.

겉으로 보면 강함이라고는 전혀 느껴지지 않는 외형적인 모습이었다.

"저분은……"

누구도 여인의 겉모습을 보고 현혹되지 않았다.

굳게 눈을 감고 있던 여인이 이내 눈을 뜨더니 앞을 바라보았다.

그 시선을 받은 세 마왕은 몸이 뻣뻣하게 굳는 것을 느꼈다.

"너희가 날 불렀니?"

세 마왕을 바라보는 여인의 붉은 입술이 호선을 그렸다.

"어떻게 그러실 수 있죠?"

제스피아리스의 날 선 목소리를 듣고 있는 베레아스는 난감한 표정을 지었다. 갑자기 찾아와서 연신 말을 쏟아붓는 모습은 무례했지만 저지른 일이 있다 보니 쉽게 답을 할 수 없었다.

"허허, 이거 골치 아프게 되었군."

"저만큼 골치가 아프려고요. 그를 보내게 되면 어떤 상황이 벌어질지 알 수 없어요!"

"음, 그 부분에 대해서는 어느 정도 생각한 부분이 있으니 걱정하지 않아도 될 것 같군."

"걱정하지 않아도 된다니요."

머리가 지끈거리는 기분에 제스피아리스는 눈살을 찌푸렸다.

자신보다 훨씬 오래 살아온 존재에게 저지르는 무례라는 것을 알고 있었지만 지금 일어난 일들은 결코 쉽게 넘어갈 수 없었다.

"대체 무슨 생각이시죠?"

"저번에 열린 드래곤 회의에서 쉽지 않겠다는 생각이 들었지. 심하다는 생각은 들었지만 우리 종족이 이렇게 나태하다는 걸 이제야 알게 되었으니까."

"……."

쓸쓸하게 웃으며 말하는 그의 모습에 제스피아리스는 할 말을 잃었다.

그녀 또한 위기의식이라고는 찾아볼 수 없는 드래곤들의 모습에서 깊은 실망을 느꼈다.

자신이 보고 있는 위기감과 그들이 보는 것이 다르다는 걸 깨달았고, 그동안 얼마나 오만한 시선으로 다른 종족을 바라봤는지 알았다.

당장 티엘 같은 인간만 나타난 것만 봐도 드래곤이 얼마나 무심했는지 알 수 있는 것이다.

"나태하더라도 바뀌어야 해요. 그 역할을 그 인간이 할 수 있다는 건가요?"

"적어도 내가 보기에는 그런 셈이지."

"…모르겠어요. 저는 오히려 큰 분란을 가져오지 않을까 걱정만 돼요."

"믿음은 없는 건가?"

"어떤 종류의 믿음을 말하는 거죠? 그의 무위는 인정하고 있어요. 하지만 강한 성격을 볼 때 말이 나올 수밖에 없다고 생각해요."

"나와는 다르군. 나는 그가 우리 드래곤들에게 큰 충격을 줄 수 있다고 생각하네."

"저는, 저는 아니에요."

"한번 보게. 그러면 의문은 자연히 풀리게 될 듯하니."

"…알겠어요."

자신의 무례를 너그러이 넘기고 말하는 모습에 제스피아리스는 고개를 끄덕였다.

눈을 감고 있던 티엘이 조용히 미소를 지었다.

어느새 뜨인 그의 두 눈동자는 강렬한 이채를 발하고 있었다.

제법 공을 들였지만 공간검을 터득한 그는 한 번 '지정한' 공간의 흐름을 파악하는 것은 어렵지 않았다.

그리고 그 흐름 속에서 개입된 거대한 힘의 존재를 감지할 수 있었다.

"왔군."

마황이 중간계에 강림했음을 알아차린 그의 얼굴에 기대감이 번져갔다.

제7장
드래곤 회의

레디븐 백작의 통치 아래 들어간 황도는 한 차례 피바람이
분 뒤, 그다음은 평화로움 그 자체였다.

천왕의 권능 아래 무수히 많은 백성이 행복을 얻게 되었다.

이는 레디븐 백작을 향한 지지로 이어졌고, 황제를 향해 반
란을 일으켰지만 그를 향한 충성심은 하늘을 찌를 듯 높아졌
다.

태평성대!

황도에 살아가는 백성들은 연일 칭송을 아끼지 않았지만
제이안의 표정은 심각하게 굳어 있었다.

"이대로는, 이대로는 안 돼."

레디븐 백작이 천왕을 소환한 사실을 아는 이는 없었다. 그러다 보니 가신들은 연일 높아지는 충성도에 기뻐했지만 제이안은 그대로 받아들일 수 없었다.

이 모든 지지는 레디븐 백작을 향한 것이 아니라 천왕의 것이다.

인간을 벌레처럼 여기는 마왕과 동급인 천왕이 언제까지 자신들에게 호의를 보일 것인가.

"주군께서 보이는 태도도 점점 이상해지고 있다."

그것은 자신도 마찬가지였다.

처음에는 의심이었지만 어느 순간, 자각을 하니 천왕을 향해 막연한 호감을 품고 있었다.

이유가 무엇인지 알 수 없었지만 겉으로 티를 내지 않은 채 조용히 상황을 살펴보았고, 자신의 의심은 사실임이 드러났다.

그들은 단순한 신의 사도가 아니다.

빛을 가장하여 인간의 취약한 부분을 파고드는 무서운 존재들이었다.

그제야 천왕이 왜 자신들에게 호감을 보여주었는지, 왜 부드러운 모습을 보였는지 이해할 수 있었다.

마치 잘 짜인 각본처럼 호감을 얻고, 자신의 원하는 것을 얻고자 했다.

"주군에게 보고하는 방법으로는……."

이미 천왕의 절대적인 지지자인 레디븐 백작에게 웬만한 설명으로는 안 된다는 걸 알고 있었다.

그에 대한 신뢰를 단숨에 깨버리기 위해서는 딱 하나, 결정적인 것을 준비해야 했다.

수많은 방법이 머릿속에 떠올랐다가 사라졌다. 그동안 쌓아온 것들을 한 번에 무너뜨리기 위해서는 더 강한 것을 준비해야 했다.

"……!"

머릿속의 생각을 다 정리하고 자리에 일어서던 제이안은 뒤에 서 있는 천왕을 보고 멈칫했다. 어느새 그의 얼굴은 딱딱하게 굳어 있었다.

"제법이군."

"어, 어떻게 이곳에?"

"내 매혹의 능력에 벗어날 줄은 몰랐어. 이래서 머리를 많이 쓰는 인간들을 좋아하지는 않지만."

말을 하는 천왕의 기질은 이전과 확연하게 달랐다. 이전의 그는 깍듯하게 예의를 지키는 신사였다면 지금은 거칠고 음습한 기운이 물씬 풍겨오고 있었다.

"이것도 나름 수확인가."

"왜, 왜 이곳에 오신 겁니까."

"아아, 아무래도 머리를 굴리는 인간들은 예상에 벗어날 확률이 높아서. 감시의 눈을 두지 않으면 이렇게 판이 깨질 수도 있거든."

입가에 미소를 지은 천왕이 한 걸음 앞으로 나서자, 제이안은 반사적으로 물러났다.

"설마 나까지 속이려고 들 줄이야. 이 점은 분명 칭찬을 해 두지."

더 뒤로 물러나려던 제이안은 몸이 움직이지 않는 것을 느꼈다. 알 수 없는 힘이 전신을 꽁꽁 옭아매고 있는 것은 공포 그 자체였다.

"나, 날 어떻게 할 겁니까?"

가면이 사라지고 나타난 천왕의 존재는 누구보다 두려운 괴물 그 자체였다.

"걱정하지 않아도 된다."

자상한 목소리였다. 하지만 제이안은 그 뒷면에 서려 있는 그의 잔인함을 감지했다.

한 걸음씩 다가올 때마다 그가 느낀 공포는 극대화되고 있었다.

바로 앞에 도착한 천왕은 물끄러미 제이안을 바라보았다. 마치 맹수 앞 먹잇감이 된 것처럼 그의 눈은 거세게 흔들렸다.

"어차피 모든 것을 잊을 테니. 새롭게 태어나는 거라고 생각하면 편안하겠지."

제이안이 뭐라 대답을 하기 전, 천왕의 손이 머리를 뒤덮었다.

그것이 마지막.

기억의 단절과 함께 제이안의 의식이 수면 아래로 가라앉았다.

황도를 비롯하여 제국 동부의 세이주 지방, 라이오너 후작령까지 장악한 레디븐 백작의 세력은 일약 제국 최고로 떠올랐다.

아직 지배 세력을 공고히 할 필요가 있었지만 일련의 과정만으로도 그는 만족스러웠다.

모든 것이 천왕이 힘을 보태주어서이기도 하지만 자신을 보좌하여 협력을 아끼지 않는 제이안의 존재도 큰 역할을 하였다.

카이후가 배신하고 든든한 사촌 동생인 케빈도 죽은 만큼 레디븐 백작이 가장 믿을 만한 인물은 제이안을 제외하고 누구도 없었다.

"제이안."

"예, 주군."

공손하게 예를 취한 제이안이 레디븐 백작에게 다가왔다.

"앞으로 주의해야 할 것들은 없나?"

"로운 후작가의 움직임에 주의를 기울여야 합니다."

"로운 후작을?"

전혀 예상치 못한 말에 레디븐 백작의 눈썹이 꿈틀거렸다. 그 반응에도 제이안은 물러서지 않고 고개를 끄덕이며 말을 이어나갔다.

"휴전을 맺었지만 최근 로운 후작가의 군이 움직이는 동태가 심상치 않다고 합니다. 구두로 맺고 신의가 없는 만큼 저들이 언제 배신을 해도 이상하지 않습니다. 그에 대비해야 한다고 생각합니다."

"배신이라, 명분을 잃은 이상 언제 달려들어도 이상하지 않지."

"다행히 시간은 주군의 편입니다. 지금부터 각별히 주의를 기울이셔야 합니다."

"어떻게 대응하는 게 옳다고 생각하나?"

"우선……."

제이안은 미리 준비해 놓은 말을 차근차근 꺼내놓으며 레디븐 백작을 설득했다.

히드로 2세가 제국 북부를 손에 거머쥐었다고 해도 큰 위협이 되기에는 시간을 필요로 했다. 지금 중요한 것은 다른 이들이 아닌 언제 움직일지 모르는 로운 후작가를 견제하는 것이었다.

"결국 전쟁을 피할 수는 없군."

상대는 마왕을 물리친 인간의 한계를 뛰어넘은 절대강자였다.

거리낌이 묻어나오는 그의 표정에 제이안이 미소를 지으며 위로했다.

"주군께서 물러설 이유는 없다고 생각합니다. 주군에게는 '그분'이 계시지 않습니까?"

"틀린 말도 아니지."

"그분만 계시면 됩니다. 모든 것은 주군의 뜻대로 움직일 것입니다."

그것만으로도 충분했다.

마음의 결심을 굳힌 레디븐 백작은 굳은 표정으로 고개를 끄덕였다.

"기대하도록 하지."

"정말 갈 건가요?"

걱정이 잔뜩 묻어나오는 제스피아리스의 음성에 티엘이 멈칫했다. 그녀를 바라보는 그의 얼굴에는 표정 한 점 묻어나오지 않았다.

"했던 말을 계속하는 건 취향이 아닌데."

"······."

"걱정을 하더라도 계속 그런 모습을 보여주면 그리 유쾌하지는 않군."

"큰 충돌만 일어날 거라 생각해요. 모두를 위해서라도 다시 생각해 보는 게······."

"그 말은 듣고 싶지 않다고 했을 텐데?"

날 선 티엘의 목소리를 듣는 순간 제스피아리스의 입은 거짓말처럼 닫혔다.

더 이상 자신이 무슨 말을 한다고 한들 설득되지 않을 거란 생각이 든 것이다.

이미 그는 생각을 굳혔고, 바꿀 생각도 없었다.

더 말을 해도 자신의 입만 아픈 셈이었다.

"네가 걱정하는 일은 일어나지 않을 테니 걱정하지 않아도 된다."

"···믿어도 되죠?"

"글쎄."

마지막 말에서는 어깨를 으쓱하는 것으로 대답을 대신하는 티엘이었다.

확답을 주지 않고 어물쩍 넘어가려는 모습에 제스피아리스가 한숨을 푹 내쉬었다.

"그래서 불안한 것도 모르고……."

어떻게 해야 할지 그녀의 머릿속도 복잡하기는 마찬가지였다.

다시 열린 회의에서 모든 드래곤이 소집되었다.

마왕의 강림으로 한 차례 모인 적이 있었지만 별다른 진전이 없었기에 대부분의 드래곤이 로드인 카스피스가 주최하는 회의에 참석했다.

스팟!

빛이 번뜩일 때마다 드래곤이 한 마리씩 모습을 드러내기 시작했다. 그때마다 카스피스에게 인사를 하면서 각자 자리에 앉았다.

우웅! 스파앗!

다시 빛이 번뜩이고 모습을 드러낸 것은 티엘과 제스피아리스였다. 둘이 함께 오는 모습에 관심을 기울이던 드래곤들은 티엘의 정체를 알아보고는 멈칫했다.

"인간?"

"인간이 왜 이곳에 왔지?"

노골적인 불쾌함이 전해지면서 공기가 팽팽하게 당겨졌다.

명백한 적의가 전해졌지만 티엘은 전혀 개의치 않고 주변을 둘러보았다.

드래곤 로드의 레어답게 거대한 크기 하나만큼은 알아줘야 할 듯했다.

"쓸 만한 곳이군."

그런 중얼거림과 함께 고개를 돌린 티엘은 카스피스와 시선이 마주쳤다.

아무 감정도 떠오르지 않았지만 모든 것을 꿰뚫어 볼 듯 깊은 눈동자는 오래전 느꼈던 불쾌한 감정이 기억나게 만들었다.

"드래곤 로드."

"그대가 베레아스 님이 말씀하신 인간인가?"

"아아."

고개를 끄덕이며 수긍하는 티엘을 보며 드래곤들은 살기를 내뿜었다.

하찮은 미물인 주제에 드래곤 로드에게 뻣뻣한 태도를 보이는 것을 이해할 수 없었고, 이해하려 들지도 않았다.

"과연, 맹랑하군."

"맹랑한지, 당연한 자신감인 건지 알아보는 드래곤은 없어서 유감이군."

"하찮은 인간 놈이 감히!"

붉은 머리를 한 청년이 자리에서 일어나며 소리를 질렀지만 더 말을 잇지 못했다.

손을 내민 카스피스가 그를 제지하는 행동을 취한 것이다.

"호오……."

티엘을 바라보는 그의 눈에 짙은 흥미가 드리웠다. 그 속에 일부분이나마 적대감이 섞여 있었지만 전혀 개의치 않는 표정이었다.

"드래곤 회의에 참석하는 것도 특별한 경우지만 이렇게 무례해서는 살아 나가기 힘들 텐데."

"자칭 수호자들이 게으르니 부지런한 인간이 직접 나설 수밖에. 나중에 일이 잘 해결되면 내게 감사할 테니 그렇게 알아두도록 하고."

"우리가 인간에게 도움을 받을 부분이 있다고 생각하나?"

"상황이 어떻게 돌아가는지 모르는 멍청이들보다 내가 더 많은 것을 알고 있다고 생각하는데."

콰우우우!

그와 동시에 강렬한 드래곤 피어가 사방으로 퍼져 나가며 티엘의 전신을 옥죄었다.

"더 이상 지켜볼 수 없구나, 네놈!"

콰과광!

눈 깜빡할 사이에 생성된 수십 개의 불덩어리가 티엘이 있는 자리를 휩쓸었다.

그 속도와 파괴력은 인간이 시전한 마법과 비교도 되지 않을 만큼 강력했다.

하지만 마법을 시전한 붉은 머리 청년의 표정은 펴지지 않았다. 마법에 녹아 있는 감각에서 어떠한 것도 걸려들지 않던 것이다.

"……!"

목덜미에 차가운 금속의 느낌이 든 것은 비슷한 순간이었다. 멈칫한 붉은 머리 청년의 귓속으로 한 줄기 낮은 목소리가 파고들었다.

"지켜보지 않게 만들어줄 수는 있을 것 같군."

"이이……."

그는 몸을 부들부들 떨 뿐 다른 행동을 보이지 않았다.

검이 겨누고 있는 방향은 정확하게 드래곤 하트가 위치한 곳이었던 것이다.

잠시 다른 곳으로 이동시킨 뒤 움직이려고 했지만 그의 행동이 더 빨랐다.

"마법을 시전하면 오늘 본 광경이 살아서 마지막 본 걸로 만들어주지."

"크으으!"

전신에 치미는 모멸감에 잘생긴 얼굴은 흉신악살처럼 되어 있었다. 지켜보던 드래곤들의 눈에 이채가 스친 것도 바로 그쯤이었다.

자신의 능력을 보인만큼 그가 하찮은 미물이 아니라 어느 정도 경계해야 할 수준임을 자각했다.

"그만하지."

"가벼운 인사치레였으니."

카스피스의 제지에 티엘은 아무렇지 않은 표정으로 검을 들고 뒤로 한 걸음 물러났다.

자칫 목숨을 잃을 뻔한 드래곤은 멍한 표정으로 우두커니 자리에 서 있을 뿐이었다.

"어느 정도 입으로 떠들 만큼 실력을 지니고 있군."

"이 정도면 자격을 증명한 것 같은데, 한둘 정도 없애야 인 정을 하려나."

"허허, 가뜩이나 개체 문제로 고민하고 있는데 제거하는 건 좋지 않지. 회의에 참여하는 걸 허락할 테니 지켜보도록. 다른 드래곤들도 더 이상 인간임을 트집 잡아서 분란을 만들 지 말고."

드래곤 로드의 공언은 생각보다 무거웠다.

몇몇 적대감 어린 눈으로 티엘을 바라보던 드래곤도 그 후 부터는 함부로 시비를 걸지 못했다.

그사이 차례대로 드래곤들이 모습을 드러냈고, 회의 시간 이 되자 카스피스가 입을 열었다.

"오늘 회의 주제는 마계의 존재뿐만 아니라 천계의 존재도 모습을 드러냈다고 하더군."

"……!"

대부분의 드래곤들은 깜짝 놀란 표정을 짓고 카스피스를 바라보았다. 마족이 중간계에 모습을 드러낸 뒤, 각자 영역을 맡아 감시망을 형성한 상황이었다.

"전혀 감지하지 못했는데……."

"정말입니까, 로드?"

"내 말은 사실이니 의구심을 가질 필요는 없네."

카스피스의 확언에 웅성거리는 소리가 사방으로 울려 퍼졌다.

그만큼 천계의 존재가 중간계에 나타났다는 사실은 충격일 수밖에 없었다.

"어느 천족입니까."

"천왕이라더군."

"가장 골치 아픈 녀석이로군."

카스피스의 대답에 어떤 드래곤이 중얼거렸다.

인간을 비롯한 다른 종족에게 호감을 사는 데 능한 천족은 마족보다 더 골치 아픈 녀석들이었다.

그렇다고 분란을 일으키지도 않으니 중간계 수호자로서 이러지도 저러지도 못하는 경우가 비일비재했다.

"로드께서는 어떤 복안을 가지고 계십니까?"

"여기 제스피아리스가 말하길, 천왕은 대륙에 큰 암운을 몰고 올 거라 말하더군."

"제스피아리스가?"

그녀를 향한 드래곤들의 눈은 그리 호의적이지 않았다.

이제 갓 웜급에 이른 그녀의 판단이 온전할 거라 믿지 않은 것이다.

자신들도 알아차리지 못한 걸 알아낸 것만으로도 믿기 힘든데 미래에 벌어질 일들까지 예견할 수 있다는 건 말도 안되니까.

"제 말은 모두 사실이에요. 현재 다수의 마왕이 중간계에 강림해 있고, 천왕의 존재를 감지한 것도 얼마 전이에요. 저번에 제가 말했던 중간계의 전장화는 여전히 진행 중인 거죠."

"그 정도로 걱정할 이유가 있나? 그 녀석들이 우리의 감시망을 뚫고 모습을 드러냈다면 그 힘은 미약하겠지."

제스피아리스의 말에 정면으로 반박한 것은 붉은 머리 드워프였다.

불길이 활활 타오르는 듯 뜨거운 눈동자와 마주쳤지만 제스피아리스는 자신의 의견을 굽히지 않았다.

"그것은 자신감이 아닌 오만입니다. 우리가 먼저 생각해야 할 부분은 아직 겪어보지도 않은 마왕의 힘을 평가절하 할 게 아니라 어떻게 우리의 감시망을 뚫고 강림했는지부터 파악하는 게 먼저 아닐까요, 레드 드래곤 로드, 베르니스 님?"

티엘이 먼저 나서지 않도록, 그리고 그동안 쌓여 있던 답답함과 어우러지면서 자연히 날 선 목소리가 입에서 흘러나왔다.

정면으로 면박을 당한 레드 드래곤 로드 베르니스의 눈에 거센 분노가 뿜어졌다.

"뭐라고? 네년이 지금 감히 내게……."

"틀린 말은 아니라고 생각해."

"지금 저 아이를 두둔하는 것이냐, 아르메니안?"

중간에 끼어든 금발 엘프 여인을 보며 베르니스가 일갈을 터뜨렸다.

그럼에도 그녀는 개의치 않는 얼굴로 어깨를 으쓱하며 말했다.

"애초에 감시를 소홀했던 것도 사실이고, 잘못을 인정하지 않는 모습도 눈에 보이는데 편을 들고 자시고 할 게 뭐가 있지? 부족한 모습을 보였으면 반성하고 보완하면 되는 것을."

아르메니안이라 불린 여인의 금색 눈동자는 베르니스의 눈을 빤히 응시했다.

그 속에 깃든 확고함을 느낀 베르니스는 표정을 와락 구겼지만 말을 잇지는 않았다.

차갑게 가라앉은 그의 이성은 지금 상황이 유리하지 않음을 경고하고 있었던 것이다.

"그럼 자세한 이야기를 들어볼 수 있을까?"

베르니스를 일별한 아르메니안이 제스피아리스에게 시선을 옮겨 물었다.

"…천왕이 강림한 것을 알게 된 건 얼마 되지 않았어요. 다만 그는 인간 세계에 깊숙이 파고들어 자신의 세력을 공고히 하는 중이에요."

"그럴 거야. 천왕이란 존재는 인간에게 있어 신이라고 칭해질 만큼 잘 먹히는 권능들을 보유하고 있으니. 그들 사회에 파고들어 힘을 갈취하는 데 도가 터 있어. 그래서?"

"제 생각이지만 천왕은 힘을 모아 중간계와 천계를 통하는 문을 열고자 할 것 같아요."

"천계의 문을?"

"네, 중간계의 전장화를 위해서는 아군을 불러들이는 게 수순일 테니까요."

"그건 좀 억측 아닐까요?"

"분명 천왕의 움직임만 보면 그렇게 여길 수 있지만 마왕들이 했던 말과 행보를 비교해 보면 유사하다는 걸 알 수 있어요. 그리되면 아마……."

"흐응, 분명 틀린 말은 아닌 것 같지만 확신이 없으면 신중해야 돼."

"……."

묘한 콧소리와 함께 단호하게 말을 하니 제스피아리스는 뭐라 말을 하려고 입을 움직였지만 더 말을 이어나갈 수 없었다.

직접적으로 찍어 누르는 베르니스와 달리 아르메니안은 확실한 증거를 가지고 오라고 은연중 압박을 주며 말을 하니 몇몇 부분의 심증만을 갖고 있는 제스피아리스로서는 할 말이 없을 수밖에 없었다.

그 모습을 지켜보던 티엘이 중얼거렸다.

"멍청하군."

"지금 뭐라고 했지?"

"말 그대로다. 멍청하기 그지없어. 분명 허술한 부분이 있지만 정황만으로 유추할 수 있을 텐데 누구도 머리를 굴리지 않는 건가? 이렇게 간단한 문제도 생각지 못하다니, 중간계 수호자라는 게 허울처럼 느껴지는군."

"……!"

거대한 폭탄을 드래곤이 모인 곳 중앙에 터뜨리는 티엘이었다.

암담한 표정을 지은 제스피아리스는 고개를 푹 숙였다. 이 정도면 더 이상 어떻게 수습할 수 있는 여지가 없었다.

"지금 그 말, 감당할 수 있나 봐?"

말을 하는 아르메니안의 얼굴이 차가운 얼음이 내려 앉아 있었다.

피식 웃은 티엘이 가볍게 고개를 끄덕이며 말했다.

"골드 드래곤인가?"

"골드 드래곤 로드 아르메니안."

"스스로를 현명하다고 칭하는 골드 드래곤이면 이 정도는 유추할 수 있어야 하지 않나. 마왕이 강림했고, 천왕도 강림했다. 예전이라면 떼로 몰려가서 때려잡았을 텐데 이제는 탁상토론만 하고 있군. 혹시 그 녀석들이 무섭기라도 한 것인가?"

"말도 안 되는 소리 하지 마라!"

곳곳에서 드래곤들의 외침이 터져 나왔다. 그럼에도 티엘의 시선은 아르메니안을 정면으로 응시하고 있었다.

도발 섞인 그의 말에 아르메니안은 오히려 피식 웃으며 대꾸했다.

"인간, 네가 생각하는 것만큼 드래곤들은 가볍지 않아. 모든 일에는 확실한 증거가 필요하고, 확실하게 중간계에 해가 된다는 생각이 들 때 우리는 움직일 거야. 몇 마디 말로 우리가 움직일 거라 생각했다면 오산이야."

확고한 태도에 고집이 숨어 있음을 티엘도 느꼈고, 다른 드래곤들도 느꼈다.

그것이 그녀의 생각이자, 드래곤들의 생각임을 알 수 있었다.

"상황이 얼마나 심각하게 흐르는지도 모른 채 그런 말을 하니 우습군."

"인간 기준에서 심한 건가 봐."

노골적인 비웃음에 티엘도 피식 웃었다.

"그럼 이 사실도 알고 있나?"

"뭘?"

"마황이 강림한 것을."

"......!"

상상을 초월한 그 말에 살기를 내뿜던 드래곤들의 얼굴에 경악이 번졌다.

순간 여유가 지워진 아르메니안의 얼굴에도 놀라움이 서렸다가 빠른 속도로 사라졌다.

그 자리를 대신 한 것은 차가운 얼음이었다.

"그 말, 책임질 수 있어?"

"물론."

거침없는 티엘의 수긍에 그녀의 표정은 더욱 차갑게 가라앉았다.

냉막하게 가라앉은 분위기는 당장 터질 것처럼 일촉즉발 그 자체였다.

마왕과 마황의 강림 사실은 그 무게 자체가 차원을 달리한다.

마계를 대표하는 마황의 존재가 중간계에 강림했다는 것은 말 그대로 침공을 의미했다. 그때부터는 모든 드래곤이 중간계를 수호하기 위해 적극적으로 움직여야 한다는 의미도 된다.

티엘의 말에서 묻어나오는 진실은 모든 드래곤에게 전해졌고, 협박 섞인 반문을 하던 아르메니안도 그것을 고스란히 느끼고 있었다.

"그 이야기는 나도 들어봐야 할 것 같군."

"드래곤 로드 카스피스."

"말해보게."

"이렇게 회의가 지지부진하고, 마황이 강림할 때까지 아무것도 하지 않고 손을 놓고 있는 것은 전적으로 드래곤 로드의 책임이다, 알고 있나?"

"……."

자세한 연유를 들으려다가 대놓고 면박을 받은 카스피스는 아무 말도 하지 못했다.

그 누구도 감히 그의 앞에서 이런 말을 하지 못했다. 그런데 오늘 처음 본 애송이 인간 녀석이 대놓고 이런 말을 꺼낸 것이다.

"드래곤들이 똑똑하다는 걸 모르는 녀석이 있나. 이런 상황에서 필요한 건 의견을 펼칠 수 있는 장이 아니라 확고하게 기준을 세운 뒤 이끌어 나갈 수 있는 카리스마라는 걸 모르고 있나 보군."

"내가 인간에게 그런 말을 들을 이유가 있나?"

"게으름을 부리고 결정을 이래저래 뒤로 미루다 보니 지금 상황이 닥친 거 아닌가? 수호자라면 수호자다운 모습을 보여 줘야 다른 종족들도 드래곤을 중간계 수호자라고 인정할 수 있겠지."

"모든 게 내 탓이라는 뜻이군."

"알면 책임지고 자연으로 돌아가든가. 그럴 용기도 책임감도 없지?"

티엘의 말은 점점 수위를 넘어서고 있었다. 잔뜩 굳은 카스피스에게서 살벌한 기운이 발산되었다.

"……"

어느 순간 드래곤들 누구도 둘의 대화에 끼어들지 못했다.

일촉즉발.

둘의 분위기를 말하자면 이렇게밖에 표현할 수 없었다.

그가 지적한 모든 부분이 카스피스를 비롯한 드래곤들의 가슴 깊숙한 곳에 박혀들었다.

드래곤 회의에서 좀처럼 결론이 나오지 않는 이유는 카스피스가 개체를 존중하는 마음도 있지만 각 종족의 로드가 그의 권위를 존중하지 않았기 때문이다.

하지만 이렇게 심각한 분위기에서는 카스피스를 건드릴 수 없었다.

드래곤 중에서 가장 애매하다는 블루 드래곤으로 로드에 오를 수 있었던 것은 한 번 성질이 터지면 누구도 말리지 못할 광폭한 면모가 있어서였다.

"그래서 이곳에 찾아온 이유가 뭐지?"

"경각심을 심어주기 위해서다."

"그것보다 분노를 심어준 것 같군."

점점 거칠어지는 카스피스의 두 눈에서 언제라도 뇌전이 뿜어질 듯했다.

"드래곤치고 강하다고 해도 스스로 마황을 감당할 수 있을 거라 생각하나?"

"드래곤은 인간 네가 생각하는 만큼 약하지 않다."

"아니, 내가 보기에는 약하군. 이대로 두고 보면 중간계 전체가 쑥대밭이 될 것 같으니까."

"쑥대밭이라……."

말끝을 흐리는 카스피스의 몸이 들썩였다. 그 모습을 보고 심상치 않음을 느낀 베레아스가 앞으로 나섰다.

"그만하게."

하지만 그가 나섰을 때는 이미 카스피스가 행동으로 옮긴 뒤였다. 손을 들기 무섭게 강렬한 힘이 응축되더니, 그대로 티엘의 전신을 휘감았다.

파앙!

"……!"

당연한 머리가 터져서 쓰러질 거라 생각하던 티엘은 멀쩡했다. 오히려 카스피스의 힘이 맥없이 튕겨나갔고, 그 틈을 파고들었다.

쩌어엉!

날카로운 이명이 울려 퍼지면서 카스피스는 본능적으로 위험하다는 걸 느끼고 주변의 모든 마나를 끌어모아 방어막을 펼쳤다. 방어막이 생성되기 무섭게 둔중한 충격이 강타했다.

베레아스가 둘의 충돌에 개입한 것도 그 무렵이었다.

"이제 그만, 이렇게 싸울 일이 아니지 않나."

"맞아요!"

티엘의 앞을 막아선 것은 제스피아리스였고, 베레아스는 카스피스 앞을 가로막았다. 하지만 행동을 보면 제스피아리스는 티엘을 말리려고 하는 모양새였고, 베레아스는 카스피스를 보호하려는 모습이었다.

놀라운 일이 아닐 수 없었다.

드래곤 중 최강에 속하는 드래곤 로드를 인간의 공격에 보호하고자 나서다니.

불청객의 개입으로 중간에 멈출 수밖에 없었지만 티엘의 입꼬리가 말려 올라갔다.

"그 정도면 마황의 공격 세 번도 감당하지 못할 것 같군."

"…인간이 맞나?"

"물론. 수호자라 자처하는 녀석들이 게으르게 지내고 있을 때, 나 같은 인간이 나타난 것이지."

여전한 이죽거림이었지만 그의 행동을 뭐라고 하는 드래곤은 없었다.

첫 충돌에 이어 드래곤 로드와 두 번째 충돌까지.

원리를 파악할 수 없는 그의 수법은 드래곤에게 위협을 가할 수 있는 수준임을 알 수 있었다. 그만한 무력을 지닌 그는 충분히 인정을 받아 마땅했다.

물론 개인적으로 마음에 들지 않는 것은 어쩔 수가 없었지만.

"나는!"

고개를 돌린 티엘이 모여 있는 드래곤들을 보며 입을 열었다.

조금 전과 다를 것 없는 크기였지만 그 속에 실린 힘은 드래곤 하트를 자극할 만큼 강렬했다.

"오만하게 모든 것을 굽어보면서 자신의 의무조차 이행하지 않는 너희를 중간계의 수호자로 인정할 수 없다. 마황이 강림하고 천족도 움직이는 상황에서 아직까지 탁상공론만 펼쳐?"

"……"

일갈을 터뜨리는 티엘의 모습을 보고도 드래곤 누구도 나서지 못했다.

그것은 그의 말이 타당하기 때문이 아니었다.

기백에 압도된 것이다.

말도 안 되는 일이 아닐 수 없다.

중간계 최강의 생명체인 드래곤이 일개 인간에게 아무 말도 하지 못하는 상황이라니.

그럼에도 그들은 함부로 입을 열 수 없었다.

자칫 어긋난 행동을 보이는 순간, 날 선 기세가 그대로 전신을 난도질해 버릴 것 같았던 것이다.

"그 부분은 우리가 반성할 부분이지."

나직한 목소리가 침묵이 깃든 회의실을 강타했다.

모두의 시선이 목소리의 진원지로 향했고, 그곳에는 담담한 표정의 베레아스가 서 있었다.

주변을 둘러본 그가 나직이 물었다.

"그럼 그동안 우리가 중간계의 평화를 위해 열정적으로 움직였다고 보는가?"

"그, 그건 아니지만 그래도⋯⋯."

레드 드래곤 로드 베르니스가 뭐라 말을 하려고 했지만 베레아스는 단호한 표정으로 고개를 저었다.

"변명은 필요하지 않지. 그동안 우리는 오만했고 게을렀다는 걸 부인할 수 없으니까. 그것만으로도 충분히 반성할 만한 사실이고."

베레아스의 말은 구구절절 옳았지만 받아들이지 못하는 드래곤이 대다수였다.

그들의 차가운 이성은 진실을 받아들이고 있었지만 최고라고 자부하는 드래곤이 되어 순순히 납득하기에는 어려움이 따랐다.

"이것이 우리 드래곤의 현실이로군. 못 볼 꼴을 보인 것 같아 미안하네."

티엘은 아무런 대답도 없이 어깨를 으쓱하는 것으로 대답을 대신했다.

그것은 마치 애초에 기대도 하지 않았으니 실망할 것도 없었다는 것처럼 여겨졌다.

모욕감으로 드래곤들의 얼굴이 붉어졌지만 종횡무진, 티엘은 전혀 개의치 않는 기색이었다.

"우리가 어떻게 하길 원하나?"

차갑게 가라앉은 공기 속에서 카스피스가 건조한 목소리로 물었다.

두 눈 가득한 살기는 당장에라도 그를 찢어죽일 것처럼 사나웠다.

"강제로 깨닫게 만들고, 마음이 내키지 않는데 이래라 저래라 하는 건 그리 필요하지 않군. 어차피 마황이 강림하든 천황이 강림하든 다 막아낼 자신이 있어서 이렇게 늑장을 부린 것 아닌가?"

"그래도 우리의 힘이 필요한 부분이 있을 것 아닌가."

마치 누구의 도움도 필요 없는 것처럼 여유로운 태도를 보이니, 용건이 필요하면 말을 꺼내라고 하던 카스피스가 오히려 매달리는 격이 되었다.

"전혀. 제스피아리스가 협력하는 것만으로도 충분해. 언제부터 드래곤들이 사건 터지기 전부터 능동적이었다고."

그 말에 제스피아리스에게 시선이 집중되었고, 언제 터질지 모르는 분위기 속에서 불안감을 느끼고 있던 그녀는 얼굴을 붉혔지만 이미 상황은 자신에게 유리하게 돌아가고 있었기에 뭐라 말을 하지는 않았다.

"그럼 다른 걸 묻지, 마황은 얼마나 강하지?"

눈앞의 인간이 마황의 강함을 알 리가 없다, 그렇게 생각하고 있었지만 이상하게도 그는 그 부분을 알고 있을 것 같다는 느낌이 들었다.

"마황, 강하지."

"어느 정도로?"

"에인션트 드래곤이 전력을 발휘하면 열 정도?"

"…그 정도면 막을 수 있는가?"

"말도 안 돼."

"마왕도 충분히 감당할 수 있는데 마황이 그 정도라고?"

상상을 초월하는 강함에 다른 드래곤들이 부정적인 반응을 드러냈다.

하지만 티엘은 전혀 개의치 않는 얼굴로 진실을 늘어놓았다.

"막을 수 있는 게 아니라 시간 정도만 끌 수 있을 텐데? 열다섯 정도? 그 정도가 되면 어느 정도 우세를 점하고 역소환을 시킬 수 있겠군."

"……."

그 말에 모든 드래곤은 꿀 먹은 벙어리가 되었다.

드래곤 회의는 충격과 경악 속에 끝이 났다.

가문으로 돌아온 티엘은 여전히 놀라움이 섞인 눈으로 바라보는 제스피아리스에게 향했다.

"뭘 그렇게 이상한 눈으로 보고 있지?"

"놀라서요. 그렇게 판을 엎어놓고 무사히 돌아올 수 있는 인간이 있다는 게……."

"내가 강하기 때문이지."

"그러네요. 그래도 상상 이상이었어요."

분명 티엘의 무위는 드래곤을 뛰어넘는 수준이었다. 하지만 그보다 더 놀라운 것은 그 많은 드래곤 앞에서 주눅이 들지 않는다는 점이다.

만약 드래곤들이 작정하고 달려든다면 그가 감당할 수 있을까?

단호하게 아니라고 할 수 있었다.

그럼에도 티엘은 당당하게 자신의 의견을 드러냈고, 모든 드래곤은 그의 말을 잘 듣는 처지가 되었다.

드래곤마저 휘어잡는 놀라운 카리스마에 그녀는 연신 감탄할 수밖에 없었다.

"티엘."

"뭐지?"

"정말 마황이 그렇게 강한가요?"

"물론. 괜히 마왕과 마황의 구분이 지어진 게 아닌 셈이지."

"…그런 존재가 중간계에 강림했는데 아무런 기척이 감지되지 않은 건 놀라운 걸요."

에인션트 드래곤 열다섯이 합공해야 우세를 점할 수 있는 마황의 존재가 중간계에 아무런 파장도 일으키지 않고 강림했다는 사실은 쉬이 믿기 힘들었다.

의심 섞인 어조에 티엘이 간단하게 정리했다.

"아마 여러 가지 가능성이 있겠지만 방법을 알 만한 존재들이 하나 있지."

"누구죠?"

"블랙 드래곤."

"아!"

무엇을 말하는지 알아차린 그녀는 감탄사를 터뜨리며 고개를 끄덕였다.

한때 중간계의 존재였던 블랙 드래곤이라면 방법을 마련할 수 있다고 생각이 든 것이다.

"그들이 협력했다면, 상황은 더 어려워지겠네요."

"좋지 않게 헤어졌으니 끝맺음을 맺어야겠지. 그 기회가 바로 이번이 될 테고."

"…그랬으면 좋겠네요.

마황의 강림에 이어 블랙 드래곤과의 악연까지.

점점 쌓여가는 부담감이 그녀의 어깨를 더욱 무겁게 만들고 있었다.

제8장
움직임, 그리고 개방

켈그라인, 슈크라인, 그리고 카이트론.

모두 마계의 각 영지를 지배하는 군주이자, 마왕으로 추대받는 마족이다.

자신의 영토를 다스리며 그 안에서 왕 부럽지 않은 생활을 누리는 그들이지만 지금 한 존재 앞에서는 감히 그런 태도를 보일 수 없었다.

카이트론의 주도하에 강림한 마황은 여성체였다.

길게 기른 은발과 인세의 것이 아닌 듯 아름다운 미모는 남성의 마음을 빼앗기에 부족함이 없지만 그들은 그녀의 얼굴을 바라보지도 못했다.

자칫 잘못하는 사이 목숨을 잃을 수도 있었기 때문이다.

그녀의 미모에 눈독을 들이고 수작을 걸었던 대부분의 마족이 비슷한 최후를 맞이했다.

"상황은 어떻게 돌아가고 있지?"

"그리 좋지 않습니다. 두 마왕이 각지에 세력을 기르고 있지만 천족도 비슷하게 움직임을 보이며 점점 세력을 확보하고 있다고 합니다."

"어느 정도 의도한 부분일 텐데?"

"그래도 최대한 유리한 고지를 점하려고 했지만 상황이 그렇게 흐르지 못했습니다. 이대로 진행되면 천족 녀석들이 오히려 더 좋은 전력을 갖출 듯합니다."

"좋지 않다는 게 그런 의미였군."

카이트론의 보고는 암울하기 그지없었지만 그녀는 전혀 개의치 않는 기색이었다.

"그렇지만 얼마든지 반전의 여지는 있습니다. 천족 녀석들은 인간에게 호감을 갖기 쉽지만 그 철저한 위선적인 면을 밝혀내면 됩니다. 그럼 얼마든지 그들을 향해 창칼을 들이댈 것입니다."

"그들의 분란을 조장하겠습니다. 제게 맡겨주십시오."

켈그라인에 이어 슈크라인이 의욕 어린 표정으로 말했다.

"듣자 하니 우리의 계획을 방해한 인간이 있다고 들었는데?"

그녀의 말을 듣기 무섭게 슈크라인의 표정이 일그러졌다. 그리고 사실을 그대로 전달한 카이트론을 날카로운 눈으로 쏘아보았다.

부글부글 끓는 속을 다스리기 위해 슈크라인이 침묵한 사이, 켈그라인이 말했다.

"…아직 확실하게 적으로 돌린 것은 아닙니다. 저는 그 인간이 천족 녀석들을 박멸시키는 데 있어 가장 큰 역할을 할 수 있으리라 생각합니다."

"인간이? 그게 가능하다고?"

"예, 그의 강함은 이미 마왕의 수준을 뛰어넘었습니다. 저는 조심스럽게 여황 폐하께서 그의 실력을 가늠해 주셨으면 합니다."

"…그 정도라니, 흥미로운걸?"

여인의 눈에 이채가 스쳐 지나갔다. 대부분의 마황이라면 켈그라인의 말을 듣는 즉시 목숨을 빼앗길 만한 말이었지만 그녀는 전혀 개의치 않는 기색이었다.

"그렇기에 그의 존재를 중요한 키로 여기고 있습니다."

"좋아. 그럼 그 인간을 한번 만나보기로 하지. 그만큼 중요하다면 아군으로 삼는 게 아니면 제거하는 게 좋을 테니까."

"그리고 드래곤 문제도 결정을 하셔야 합니다."

사안이 결정되기 무섭게 켈그라인은 다른 부분을 꺼내 들었다.

중간계의 수호자인 드래곤은 상대하기 귀찮은 녀석들이지만 반대로 제대로 나서면 그만큼 귀찮은 것이 없었다. 켈그라인의 말을 들은 카이트론은 몸을 경직시키며 그녀의 말을 조용히 기다렸다.

"드래곤이라, 넌 어떻게 생각하지?"

"저는 그 녀석들과 한 공간에 있는 것 자체가 싫습니다, 여황 폐하."

"하긴, 블랙 드래곤이라면 충분히 이해가 되는 말이야."

"이해해 주셔서 감사합니다."

"다만 그 말을 그대로 수용해 주기는 힘들어. 우리가 무작정 적대한다고 해서 드래곤이 천족의 편에 붙어버리면 상황이 복잡해질 테니까."

"예, 알고 있습니다."

"그 부분은 내부적으로 결정을 하지만 외부로는 드러내지 않을 거야. 드래곤 입장에서 숨을 죽이고 있는 우리보다 본격적으로 세력 확장을 하는 천족이 더 골치가 아플 테니까. 그러니 천천히 지켜보도록 하지."

"감사합니다, 여황 폐하!"

세세하게 모든 작전을 일러주는 그녀에게서 느껴지는 여유는 다른 마왕들의 마음을 편하게 안정시켜 주는 힘이 있었다.

그 누구에게도 없는, 마계에 군림하는 마황 중 오로지 그녀에게밖에 없는 능력이었다.

"으음."

침음을 흘린 레디븐 백작은 조금 전 상황을 떠올려 보았다.

제국 북부를 통일한 히드로 2세가 황도를 수복하겠다는 의지를 밝힌 것이 조금 전이었다.

이미 전력 면에서 확연한 수준 차이가 존재하고 있고, 그것을 극복하기 힘들기에 함부로 나서지 않을 거라 생각했지만 행보는 상상을 초월했다.

"가능한 것을 넘봐야지, 하지도 못할 것을 선언해 봤자 비웃음만 살 뿐이지."

"그래도 경계는 해야 합니다."

"알고 있다, 제이안. 다만 끝까지 자신의 처지를 납득하지 못하고 몸부림을 치고 있는 히드로 2세의 태도가 우스울 뿐이지."

이미 제국 최대의 세력을 일궈낸 레디븐 백작은 작위를 저버리고 새로운 국가를 건국하기 위해 준비에 착수하고 있었다.

천왕의 적극적인 지원 아래 차곡차곡 쌓여 나가는 전력은 히드로 2세는 물론이고 로운 후작조차 넘볼 수 없는 수준에 도달했다.

"제이안."

"예, 주군."

"히드로 2세의 노림수가 무엇인지 모르겠다. 정보부를 총동원할 테니 그들의 생각을 알아오도록."

"알겠습니다."

"이제 얼마 남지 않았군."

"……."

잔뜩 들뜬 레디븐 백작의 얼굴을 보며 제이안의 얼굴에 빠르게 표정이 지워졌다.

"로즈!"

카본 대공은 자신의 부름에 방문한 로즈를 보며 반가운 표정으로 다가가다가 멈칫했다.

그곳에는 예전의 표정을 거의 찾을 수 없는 로즈가 무감정한 눈으로 카본 대공을 바라보고 있었다.

"로즈?"

"예, 아버지."

"네가 온 것을 진심으로 환영한다. 내 부탁을 이렇게 들어

줄 줄 몰랐다."

"아버지의 부름에 왔지만 황제를 도울 생각은 조금도 없어요."

"허어……."

단칼에 잘라내는 말을 듣고 카본 대공은 헛웃음을 지었다. 그러면서 그녀가 보이는 태도가 당연하다는 생각이 들었다.

마지막에 보여준 히드로 2세의 집착은 그만큼 대단한 것이었으니 말이다.

"그래도 마지막으로 황제 폐하에게 인사를 드리는 것이 어떠냐?"

"또다시 쫓기기 싫어요. 제가 이곳에 온 이유는 아버지를 뵙기 위함이에요."

"나를?"

"네, 아버지에게 하고 싶은 말이 있어요."

로즈가 무슨 이유로 자신을 찾아온 것인지 카본 대공은 전혀 이해하지 못한 표정이었다.

그의 반응은 그녀에게 그리 중요한 것이 아니다. 어느새 일정 거리를 벌려놓고 로즈가 과거에 있었던 일을 언급했다.

"로운 후작과 겨뤘어요. 그리고 졌어요."

"…네가 졌다고?"

담담하게 대답했지만 가슴 깊숙한 곳으로 경악이 퍼져 나갔다.

그녀가 꽤 조급해하고 있었기에 황도를 벗어나면 즉시 로운 후작가로 찾아갈 거라 생각했다. 하지만 시간이 지나도 아무런 말이 없었고, 그렇기에 좀 더 자신의 힘을 가다듬는 시간을 갖는 것이라 생각했다.

그만큼 로즈가 질 확률은 거의 없다고 여긴 것이다.

그런데 그녀가 패할 줄이야.

인간의 한계를 뛰어넘은 압도적인 강함을 지닌 그녀가 패했다는 사실은 일견하기에도 믿기 힘든 것이었다.

"제가 떠나는 조건, 아버지는 제게 단 한 수에 자신을 제압해야 로운 후작을 꺾을 수 있을 거라 하셨어요."

"그랬었지."

"그런데 제게 진심을 다하지 않으셨죠?"

"……."

정곡을 찔린 카본 대공은 꿀 먹은 벙어리가 되었다.

그녀의 말은 사실이었다.

"저는 아버지의 진심일 믿었고, 자신감 넘치게 로운 후작가로 향했어요. 그리고 패했죠. 물론 제 부족함을 가지고 아버지를 원망하는 건 아니에요."

"으음."

말은 아니라고 하지만 그녀의 원한이 고스란히 전해지는

듯했다.

"당분간 이곳에서 머물며 아버지와 대련을 하고 싶어요. 조건은 예전과 동일하게. 만약 아버지가 제 한 수를 온전하게 견뎌낸다면 이곳에 머물면서 황제 폐하를 돕도록 하겠어요."

"알았다. 하지만 명심해야 할 것이 있다. 이전보다 훨씬 강해졌다."

"…저도 마찬가지예요."

"허허, 이제 딱딱한 이야기는 그만하도록 하고 가서 식사나 하자꾸나."

예전과 판이하게 달라진 딸의 모습을 보며 카본 대공은 허허로운 웃음을 지었다.

그럼에도 냉막하게 굳어 있는 로즈의 얼굴에는 표정이 떠오르지 않고 있었다.

로운 후작가에서 군을 움직이며 셰어드 요새에 군을 집결시키자, 그 동태가 즉시 레디븐 백작에게 전달되었다.

단순한 도발이라고 하기에는 그 움직임이 너무나 신속했기에 사실을 받아들이는 레디븐 백작의 표정은 딱딱하게 굳어 있었다.

그는 즉시 제이안을 불러 추궁하듯 물었다.

"휴전을 맺은 것이 아닌가?"

"맺었습니다. 하지만 만약의 상황에서 전투가 벌어지면 저들은 발뺌을 할 것입니다. 정식 서류를 교환하지 않고 극구 구두로만 약속을 했기 때문입니다."

"하필 지금 때에……."

히드로 2세가 본격적으로 황도 수복을 선언한 이후, 황도에서 한 차례 소란이 일어났는데, 천왕의 존재가 커지기는 했지만 오랫동안 역사를 이어온 제국에 대한 막연한 충성심은 여전히 존재했다.

레디븐 백작은 잔인하다 싶을 정도로 강경하게 반란을 진압했고, 그 과정에서 협력을 한 이들에게 풍부하게 사례를 하면서 지배 체제를 공고하게 굳혔다.

하지만 로운 후작의 움직임은 결코 가볍게 여길 수 없는 사안이었다.

"괜찮지 않나?"

심각하게 고민하는 레디븐 백작의 귓가로 감미로운 목소리가 스며들었다. 뒤를 돌아보니 천왕이 서 있었는데, 그의 여유로운 모습에 고민이 풀리는 듯했지만 이내 고개를 절레절레 저었다.

"로운 후작은 쉽게 여길 수 있는 인물이 아닙니다."

"마왕을 물리쳤다는 것 때문인가?"

"분명 그런 이유도 있지만 로운 후작가에는 그의 강함을 더 크게 발휘할 수 있는 책사들이 포진되어 있습니다. 그들의 머리라면 이미 모든 계획을 수립하고 치밀하게 움직일 것입니다."

"호오……."

레디븐 백작이 이토록 웅크리는 모습에 천왕은 호기심이 점점 커지는 것을 느꼈다.

언제나 그는 자신감이 넘치는 인간이었다. 자신의 역량에 의심을 갖지도 않고, 앞만 바라보면서 뛰어난 실천력을 보여주었다.

일차적인 목표가 거의 다 이루어진 지금, 로운 후작가의 도발은 새로운 전환점이 될 수 있을 터였다.

"이대로 넘어가서는 안 된다고 보는데."

"예? 하지만……."

"나는 대응을 하는 게 좋다고 했다."

강렬한 그의 의지 속에는 절대 물러나지 않는 굳건함이 느껴졌다.

감히 천왕을 설득할 수 없을 거란 생각이 머릿속을 스쳤다. 고개를 절레절레 저은 레디븐 백작은 목표를 바꿔 제이안에게 도움을 요청했다.

"제이안, 네가 말하도록."

"저도 이대로 두고 봐서는 안 된다고 생각합니다."

"뭐라고?"

믿고 있던 제이안이 다른 말을 하자, 레디븐 백작이 눈을 부릅떴다. 하지만 전혀 영향을 받지 않고 자신의 의견을 이어 나갔다.

"분명 로운 후작의 능력은 대단하지만 그동안 지켜본 마왕과 천왕의 능력 차이는 명명백백합니다. 이는 곧 천왕께서 마왕보다 훨씬 강하다는 걸 의미하며, 로운 후작도 전처럼 함부로 움직이지 못하는 것은 이 부분을 인지하고 있다는 걸 의미합니다."

"…그런 건가?"

"정확하게 보았군."

천왕이 입꼬리를 말아 올리며 호선을 그렸다. 그리고 그는 여전히 확신을 갖지 못하는 레디븐 백작을 바라보며 입을 열었다.

"세상은 마왕과 천왕을 비슷한 범주에 놓지. 단순한 무력으로 놓고 보면 그 평가는 옳다. 하지만 가장 큰 차이가 있는데 그게 무엇인지 아는가?"

"……"

알 리가 없었다.

"바로 세상에 미치는 영향력이다. 그리고 그 영향력은 때때로 지닌 무위를 뛰어넘는 기적을 만들어내지. 그것은 우리 천왕도 가능한 기적이다."

"그럼 로운 후작을 꺾을 수 있습니까?"

"눈으로 보여주지."

이렇듯 확신을 하니 레디븐 백작도 더 이상 부정적인 말을 늘어놓을 수 없었다.

신기하게도 그에 대한 믿음이 생기기 무섭게 가슴속을 가득 지배하고 있던 불안감이 가시는 것이 아닌가?

그것은 가히 기적에 가까운 변화가 아닐 수 없었다.

"믿음을 가져서 손해를 보는 일은 없을 것이다."

"미, 믿습니다."

"좋군."

어느새 확고한 믿음이 자리한 레디븐 백작을 보며 천왕의 입가에 짙은 미소가 드리웠다.

"저는 이대로 진행하는 게 좋다고 봐요."

가문이 움직이는 방향을 본 제스피아리스는 이대로 진행할 것을 강력하게 주장했다. 천족이라는 변수를 제거함으로써 마황과의 대결에 모든 역량을 집중한다는 것이 그녀의 주장 골자를 이루고 있었다.

"가장 문제가 되는 천왕을 제거한다?"

"만약 그가 차원의 문을 열어 천황까지 소환한다면… 중간계는 쑥대밭이 될 거예요."

간절한 어조로 그녀가 말했지만 피식 웃은 티엘은 어깨를 으쓱해 보였다.

"진정한 평화를 위해서는 어느 정도 희생도 필요한 법이지."

"그래도요……."

로운 후작가 책사들의 역량은 확실히 대단했다. 인간과 인간의 일이 아님에도 그들이 펼친 계책은 상황마다 유리하게 만드는 모습을 보여줬으니 말이다.

거기에 제스피아리스는 천족이라는 변수를 제거하고 싶어 했지만 티엘의 생각은 달랐다.

"귀찮게 우리가 움직일 필요가 있나."

"네?"

"아마 우리가 움직이면 위협을 느낀 레디븐 백작이 생각을 먹겠지. 하지만 과연 그 생각대로 황도의 세력이 움직일까?"

"아니라는 건가요?"

"레디븐 백작은 마왕을 죽인 과정을 보고 받았지만 천왕은 다르지. 그렇다고 마왕을 꺾은 내가 자기 자신까지 꺾을 수 있다고 믿지도 않을 테고."

"…그의 오만함을 이용하겠다는 뜻이군요!"

"오만함인지 자신감인지는 지켜볼 일이고. 그렇게 천왕이 모습을 드러내면 과연 숨어 있던 마왕들이 그냥 넘어가려고 할까?"

"……."

순간 제스피아리스는 전신을 휘감는 소름을 느낄 수 있었다.

처음부터 티엘은 천왕을 끌어내고, 마족까지 모습을 드러내게 만들어 그들의 움직임을 낱낱이 파악하고자 한 것이다.

이 모든 계책을 낸 것은 가문의 책사들이지만 그 중심에 선 것이 티엘이라는 건 부인할 수 없는 사실이다.

"처음부터 이걸 노렸군요."

"서비스타임은 끝이 났으니까. 아마 위협을 느끼면 천왕이고 천황이고 모습을 드러내겠지."

"하아!"

중간계가 몇 번 뒤집히고도 남을 말을 태연하게 꺼내 드니 제스피아리스가 할 수 있는 것은 한숨을 푹푹 내쉬는 것 외에는 없었다.

대체 세상이 어떻게 돌아가려고 티엘은 이 계획을 강행하고, 드래곤들은 그냥 지켜보고 있는 것인가.

단지 허풍이었으면 차라리 좋을 것 같다는 생각이 머릿속을 지배할 정도였다.

"다음 계획은요?"

"그건 책사들이 할 일이지. 내가 한다고 뭐 달라지는 게 있을까?"

"당신은 정말… 당신이 인간이라서 다행이에요."

"왜지?"

"드래곤이었다면 살아 있는 동안 중간계는 수백, 수천 번은 멸망했을 테니까요."

"과한 칭찬이군."

티엘이 씩 웃어 보였다.

로운 후작가의 움직임으로 레디븐 백작은 본격적으로 맞대응하기로 마음을 먹었지만, 불과 얼마 전 황도 수복을 천명했던 히드로 2세는 자신들의 움직임에 동조하는 모습에 머릿속이 복잡했다.

그는 즉시 질렛과 실레반을 불러들였다. 그리퍼가 레디븐 후작가로 귀순했지만 그들은 여전히 진영에 남아 머리를 빌려주고 있었다.

"로운 후작이 움직인 것은 어떤 이유로 보는가?"

"분명한 것은 폐하와 보조를 맞추려는 것으로 보이지는 않는다는 것입니다."

"왜인가?"

"그동안 보아온 로운 후작의 성향상, 누군가를 의식한다는 것은 생각할 수 없기 때문입니다."

"…그리 듣기 좋은 말은 아니로군."

이를 악 물었지만 히드로 2세는 그 말을 부인하지 않았다.

질렛의 말은 모두 사실이었고, 자신이 받아들여야 할 현실이었으니 말이다.

"그동안 드러난 정황을 보면 로운 후작가에서도 황도의 상황을 어느 정도 파악했을 확률이 높습니다."

"황도에 있는 녀석들을 알아차렸다?"

"예, 적어도 폐하께서 알고 계신 것보다 더 많은 정보를 입수했을 확률이 높습니다."

"흐음."

신빙성 높은 말에 히드로 2세가 눈을 빛냈다. 로운 후작가의 정보부가 대단한 수준이라는 사실쯤은 이미 예전부터 알고 있었다.

"만약 저들이 움직인다면 우리가 취해야 할 입장은?"

"거대한 힘을 지닌 두 세력의 충돌입니다. 폐하께서는 즐거운 마음으로 지켜보시면 되리라 생각합니다."

"지켜본다, 지금은 그것밖에 할 수가 없겠지."

레임의 세력을 합치면서 현재 내외로 시끄러운 문제들이 산적해 있는 상황이었다.

자신이 나서고자 해도 아무것도 할 수 없는 현실에 히드로

2세는 고개를 절레절레 저었다.

　제스피아리스의 간곡한 만류가 있었지만 티엘은 예정대로 군을 이끌고 본격적으로 북진을 거듭했다.

　헤인조 지방, 아이주 지방, 노이안 지방 등에서 차출한 병력은 무려 십오만이었다.

　인구가 상대적으로 부족한 남부 지방임을 감안했을 때 티엘이 이끄는 병력은 역대 최고라고 해도 과언이 아니었다.

　그 숫자의 병력이 차곡차곡 셰어드 요새로 집결하자 황도는 숨 막히는 긴장감으로 가득 채워졌다.

　그리고 일사분란하게 군을 움직이면서 그들의 움직임에 촉각을 기울였다.

　"드디어 때가 왔군."

　클레디오 백작은 유난히 들뜬 기색이었다.

　그 속에 깃든 강렬한 호승심을 읽었기에 티엘은 피식 웃으며 질문했다.

　"자신은 있고?"

　"이때를 대비해서 검을 갈고닦았다. 실망할 만한 수준이 아님을 보여주도록 하지."

　"그 정도면 나쁘지 않지. 천왕이라고 해도 그 수준은 마왕에 떨어지지 않으니까."

"정확히 어느 정도지?"

"섬세한 면에서는 천왕의 우위다. 다만 직선적이고 거칠기는 마왕이 더 강하지."

어려운 말이었다. 미간을 지그시 찌푸리며 고민하던 클레디오 백작은 이내 답을 찾아내고는 피식 웃으며 대답했다.

"결국 종이 한 장 차이라는 뜻이군."

"이제라도 알았으니 다행이군."

"그럼 나와 상성이 잘 맞나?"

"솔직히 그다지 맞는 것 같지는 않고."

"상성이 좋지 않다?"

"아무래도 검을 갈고닦았다고 해도 기존의 마왕과 비슷하니까. 마왕들은 천왕을 상대로 전적이 그리 좋지 않은 상황이지."

티엘의 말을 들은 클레디오 백작의 눈썹이 꿈틀거렸지만 다른 말을 하지는 않았다. 어디까지나 마왕과 천왕의 속성에 대해서 설명한 것이지, 자신이 패한다는 말은 어디에도 없었으니 말이다.

"분명한 건 천왕과 마왕의 승패는 각자의 전장에 따라 달라진다. 마계에서는 마왕이, 천계에서는 천왕이 우위를 점했지. 굳이 달라질 것도 없고."

"괜히 기대만 한 게 아닐까 싶군."

"녀석이 나선다면 재미있는 상황이 만들어질 테니 안절부절못할 이유는 없겠지."

"그렇게 되었으면… 좋겠지."

이야기를 하면서 피가 들끓는 것을 느꼈는지 자리에서 일어나는 클레디오 백작이었다.

아마 오늘 하루 종일 검을 휘두르다가 잠이 들 것이다.

그 모습을 보며 티엘은 고개를 저었다.

"못 말리는 녀석이군."

검에 미친 자가 있다면 그것은 바로 클레디오 백작일 터였다.

"녀석들이 움직였군."

모처에 은신하고 있는 마왕들도 티엘의 움직임을 파악할 수 있었다.

그들에게 있어 가장 큰 변수였던 만큼 천왕을 요격하기 위해 움직이는 모습은 의외일 수밖에 없었다.

그동안 그가 보인 성향은 한없이 자신들에게 부정적이었다.

"여황 폐하, 어떻게 하실 겁니까?"

"……"

여인은 아무 말도 하지 않은 채 눈을 감았다. 그녀의 사색을 방해하지 않기 위해 마왕들은 모두 침묵을 지키며 눈빛을 교환했다.

이번 상황은 그야말로 절묘하기 그지없어, 그들로서도 결정이 필요한 사안이었다.

이대로 저들의 움직임을 주시할 것인가, 아니면 모습을 드러내고 주도적으로 상황을 만들려고 할 것인가 선택을 해야하는 셈이다.

물론 그 이면에는 한 가지 함정이 숨어 있었는데, 그리되면 더 이상 드래곤의 이목을 피할 수 없다는 치명적인 단점이 존재했다.

과연 자신들을 보고도 드래곤은 가만히 있을까?

확신할 수 없는 사안이었기에 마왕들도 선뜻 결론을 내릴 수 없었다.

"이동한다."

눈을 뜬 여인의 말에 희비가 엇갈렸다. 지켜봐야 한다고 주장하던 켈그라인은 입술을 지그시 깨물었고, 카이트론과 슈크라인의 입가에는 미소가 맺혔다.

그녀가 결정을 내린 이상, 이행될 사안이었지만 켈그라인은 자세한 연유를 물었다.

"이유가 있으신지?"

"그 티엘이란 녀석의 얼굴을 확인해 봐야겠어."

"으음."

"과연 인간이 지금 상황을 주도할 만한 힘을 지니고 있을까? 난 그게 궁금해."

"하오나 그와 마주하게 되면……."

자신의 말을 거스르는 자를 절대 가만히 두지 않는 티엘과 마계의 절대적인 권좌를 차지하고 있는 마황의 만남은 필연적인 충돌을 불러일으킬 수밖에 없었다.

"걱정하지 않아도 돼. 단지 지켜볼 뿐이니까. 그의 검이 어느 정도인지 보는 건 후일로 미뤄도 되겠지."

"…그렇다면."

마황의 말이 끝까지 지켜질지는 그도 확신할 수 없었지만 그녀가 그렇게라도 말을 했다면 어느 정도 믿어볼 만하다는 생각이 들었다.

"이동하도록. 우리가 갈 곳은 천족들이 도사리고 있는 황도야."

"명을 받듭니다."

물 만난 물고기처럼 슈크라인과 카이트론이 가장 앞장서서 움직이기 시작했다.

"……."

로운 후작이 직접 움직였다는 사실이 레디븐 백작의 불안감을 증폭시켰다.

천왕의 확언으로 당시에는 불안감이 가셨지만 시간이 지나니 다시 무거운 부담감이 어깨를 짓눌러왔다.

마왕조차 무찔렀던 그를 천왕이 막아낼 수 있을 것인가?

상식적으로 인간이 어떻게 천왕을 막아낼 수 있을지 고민해야 하지만 이미 드러난 결과가 있다 보니 그의 고민은 꼬리에 꼬리를 물고 깊어지기만 했다.

"고민하는가."

유령처럼 그의 앞으로 천왕이 모습을 드러냈다. 움찔 몸을 떤 레디븐 백작은 자신의 상태를 알아차리고는 그에게 사과를 건넸다.

"…죄송합니다. 제 믿음이 아직 부족하기만 합니다."

"아니, 헤아리기 힘든 인간의 마음을 가지고 여러 말을 할 이유는 없겠지."

"후우! 솔직히 그에게 두려움을 가지고 있습니다. 끝을 알 수 없는 무력, 제 나름대로 자신감을 가지고 살아왔지만 모든 상황에서 놀아나는 모습만 보였습니다. 요즘에는 이렇게 생각도 하고 있습니다. 그에게 있어 저와의 협력은 단순한 유희에 지나지 않았나 하는."

극단적인 생각이었지만 마왕조차 무찌를 수 있는 그의 무위로 뭐가 아쉬워서 치열한 외교전을 벌이겠는가.

수틀리면 클레디오 백작처럼 모두 뒤집어 놓으면 되는데.

요즘 들어 깊어지는 생각은 오히려 그를 좌절감으로 몰아넣고 있었다.

"그렇게 생각할 필요는 없다."

"그 말씀은……?"

"이제 곧 그 인간은 사라질 테니 말이다. 나를 믿지 못하는가?"

"믿습니다. 하지만 믿을수록 제 마음 한구석이 불안으로 가득 차고 있습니다."

"그것은 곧 사라지게 될 것이다."

천왕은 더 이상 레디븐 백작에게 설득도 강요도 하지 않았다.

그저 그의 솔직한 마음을 듣고 미소만 지어 보일 뿐.

그럴수록 불안을 느끼는 레디븐 백작은 자신의 나약함만 드러내는 것 같아 고개를 깊게 숙였다.

"이제 나는 그들을 상대하러 떠날 것이다."

"결국……."

"빛의 존재로, 나는 중간계의 모든 존재의 행복을 위해 움직이지. 그것은 믿음이 되어 나에게 힘을 전달해 주는 역할을 한다."

"……!"

허공에서 두 눈이 마주치자 레디븐 백작의 불안은 거짓말처럼 사라졌다.

그것은 천왕만이 보여줄 수 있는 굳건한 신뢰였다.

"내 이름은 테일리. 너의 불안을 가시게 만들어줄 존재다."

몸을 일으킨 레디븐 백작이 바닥에 엎드리며 외쳤다.

"빛의 이름으로 승전을 기대하겠습니다."

"그 기대에 부응하도록 하지."

미소를 지은 천왕 테일리의 몸이 빛으로 화하며 자취를 감추었다.

그가 사라졌음에도 레디븐 백작은 한참 동안 아무런 움직임도 보이지 않은 채 경건하게 취하고 있던 자세를 유지하고 있을 뿐이었다.

제9장

충돌, 일보 후퇴

티엘이 이끄는 로운 후작군은 느린 속도로 진군을 해나갔다.

이번 전쟁의 목표는 황도를 차지하는 것이 아니라 천왕의 존재를 세상에 드러내고, 그들의 존재를 드래곤이 알아차리게 만드는 것이다.

그다음은 티엘의 주도하에 이루어질 것이다.

물론 그것은 초월적인 존재들의 이해관계일 뿐, 티엘에게 있어서는 다른 목적도 존재했다.

"제이론."

"예, 주군."

"황도를 차지할 필요가 없다고 보는데?"

"황도를 차지하면 상황은 오히려 복잡하게 흘러갈 것입니다. 그 이유는 주군께서 여전히 황제에게 작위를 수여받는 귀족이라는 점 때문입니다."

티엘이 레디븐 백작을 무찌르고 황도를 차지한다고 할 때, 히드로 2세가 보일 반응은 뻔했다.

바로 신하의 예를 요구하면서 차지한 황도를 반환하라고 할 것이다.

그렇게 되면 그의 입장은 굉장히 난처하게 되는데, 만약 황도를 반환하지 않으면 충성심이란 면에 금이 가고, 평판이 떨어지며 명분까지 잃을 가능성이 높았다.

"필요하지 않은 상황을 굳이 만들 필요는 없다는 뜻이로군."

"예, 황도는 레디븐 백작에게 남겨두어 마지막 보루로 삼게 하는 것이 최선입니다."

"그럼 천족만 처리하면 되나."

"가장 이상적인 상황은 그것입니다. 주군께서 마왕과 천왕을 모두 꺾으면 더 이상 누구도 주군의 이름을 범접할 수 없게 될 것입니다. 그때 세이주 지방부터 진군을 시작할 예정입니다."

십오만이라는 대군을 동원했지만 이는 시선을 붙잡아두기 위한 미끼에 지나지 않았다.

이미 노이안 지방에서는 마블론이 오만의 군을 비밀리에 불러들여 언제든지 세이주 지방으로 북진할 수 있는 준비를 갖춘 상황이었다.

티엘이 천왕을 꺾는 즉시, 진군은 시작되고 초월적인 존재들이 개입하기 전 최대한 이익을 봐야 한다.

"세이주 지방까지 차지하면 주군께서는 여타 다른 왕국을 넘어 대왕국에 버금가는 영토를 보유하게 됩니다. 그때는 주군께서도 결정을 내리셔야 합니다.

"왕이 되라는 건가."

"예, 더 이상 시일을 미루다가는 주군께서도 좋을 이유가 없습니다."

"왕이라······."

전혀 생각지 않은 자리였고, 원치 않는 자리였다. 하지만 책사들은 이미 작심이라도 한 것처럼 티엘에게 왕이 될 것을 권유하고 있었다.

물론 그 이유가 무엇인지 대략 알고 있었다. 왕이 된다면 그들의 이름은 후대에 영원히 남게 될 것이고, 역사의 한 페이지 속에 살아 숨 쉴 수 있을 테니 말이다.

"그것도 나쁘지 않겠지."

"진심이십니까?"

"물론이다. 개인적으로 내키지 않더라도 내 아이들에게 물려줄 거라면 왕의 자리도 나쁘지 않겠지."

"예……."

티엘이 그 자리를 탐하지 않는다는 사실이 섭섭했지만 지금 보여주는 것만으로도 장족의 발전이 아닐 수 없었다.

고개를 끄덕이는 제이론을 보며 티엘은 피식 웃었다.

"공식선상에서는 그런 모습을 보이지 않을 테니 안심해도 좋고."

"예, 아무래도 주군께서 거부하는 모습을 보이면 언제든지 명분으로 삼을 수 있는 요소가 주어집니다. 그것은 좋지 않다는 생각이 듭니다."

"알고 있으니 주의를 줄 필요는 없다."

"예."

불경한 생각을 그대로 읊었기에 제이론은 저도 모르게 티엘의 눈치를 살폈다.

할 이야기도 모두 했기에 손을 들어 가볍게 저어보임으로써 축객령을 내렸다.

"계획을 진행하도록."

"명을 받듭니다."

우웅! 우우웅!

거세게 휘몰아치는 힘의 파동을 느끼며 테일리는 가늘게 몸을 떨었다.

이 모든 것이 자신이 원하는 상황이었다.

인간의 플러스 감정은 무한한 힘의 원천을 부여했으며, 자신이 품고 있는 원대한 계획과 결합이 되면서 상상을 초월하는 소환진이 만들어졌다.

이제 남은 것은 이것이 스스로 움직이게 만들어 자신이 부여받은 임무를 수행하는 것뿐이다.

최초의 존재가 되어 임무를 완수했으니 이제 자신의 마음이 내키는 대로 움직여도 제지할 이는 없었다.

"이제 움직일 때인가."

그동안 많은 것이 궁금했다.

대체 어떤 인간이기에 자신이 하고자 하는 일에 사사건건 모습을 드러내는지 말이다.

"마왕을 물리칠 강함이라고? 이곳 중간계는 천족에게 있어 패할 수 없는 조건을 지니고 있는 곳이지."

그 말속에는 많은 의미가 깃들어 있었다.

절대 패하지 않을 거란 자신감, 그리고 마왕을 꺾었다고 자부하고 있을 인간들에 대한 조소였다.

한 차례 소환진을 지켜보던 테일리는 그대로 몸이 흩어지며 사라졌다.

그럼에도 마법진은 여전히 강렬한 힘을 받아 웅웅거리는 소리와 함께 움직이고 있었다.

티엘이 군을 이끌고 멈춘 것은 셰어드 요새의 북부 지방으로, 구 드루윙 백작령을 지나쳐서 황도에서 사흘밖에 떨어지지 않은 대평원이었다.

농번기에는 끝을 알 수 없는 밀밭이 펼쳐진 곳이지만 전쟁의 여파로 버려진 이곳은 황량한 평야가 되어 방치된 상태로 있었다.

군을 주둔시키고 조용히 때를 가늠하던 티엘은 어느 순간 눈을 빛내더니 전령을 불러 명령을 내렸다.

"클레디오 백작을 불러와라."

예를 취하고 밖으로 나간 전령은 얼마 지나지 않아 클레디오 백작을 불러왔다.

"뭐지?"

"네가 원하는 상대가 나타났군."

"천왕이?"

"내가 먼저 처리하고 싶지만 한번 겨뤄보고 싶다던 말이 떠올라서."

"물론 상대는 내가 한다."

"흐음, 기대하지. 예전처럼 선전을 기대하는 게 아니다. 확실하게 제거했으면 좋겠군."

"…물론이다."

슈크라인을 상대하던 상황이 떠오른 클레디오 백작이 이를 지그시 깨물었다.

당시에는 마왕을 상대로 선전을 보였지만 결국 자신은 패배자에 지나지 않았다.

"그때의 기억을 잊게 만들어주지."

"기회는 한 번뿐이다. 선전을 기원하도록 하지."

"……."

자존심에 금이 간 클레디오 백작은 아무런 대꾸도 하지 않은 채 막사를 벗어났다.

뒤이어 들어온 것은 제이론이었다.

그는 조심스럽게 클레디오 백작의 뒷모습을 바라보다가 티엘에게 말했다.

"주군, 백작님의 자존심을 긁을 필요가 있었습니까?"

"이렇게 하지 않으면 좀처럼 분발하지 못할 테니까."

"그래도……."

"저번처럼 패배를 겪으면 곤란하다. 이제 더 이상 장난처럼 대결을 벌이려고 저 녀석을 데리고 다니지 않는다는 걸 너도 알고 있을 텐데."

"맞는 말씀입니다."

클레디오 백작은 이미 인간의 한계를 뛰어넘어 티엘에 이어 초월적인 경지에 접어든 초인이었다.

하지만 그가 마왕과 천왕을 상대로 승리를 거둘 수 있을지 여부에 대해서는 불분명했다.

책사들의 눈썰미를 아득히 뛰어넘었기에 오로지 티엘의 안목에만 의지하는 상황이 벌어졌으니 말이다.

"주군께서는 백작님이 승리하리라 보십니까?"

"나도 확신할 수 없군. 한 가지 확신할 수 있는 건 재미있는 대결이 될 거라는 정도?"

"결국 주군께서도……."

"분명한 건 이곳에 자신만만하게 온 천왕은 죽음을 당한다는 것 정도겠지. 처음 예정에서 바뀌는 것은 아무것도 없다."

담담하지만 강렬한 살기가 깃든 그의 말에 제이론도 표정을 굳히고 고개를 끄덕여 보였다.

"저곳이로군."

막사를 나온 클레디오 백작은 강렬한 기운이 점점 다가오는 것을 감지했다.

빠른 속도로 전진하던 인영은 어느 순간 찬란한 광휘가 어리더니 그 빛은 점점 주변을 뒤덮기 시작하며 눈을 어지럽게 만들었다.

"……."

어느 순간 그 인영은 바로 앞에 도달해 있었다. 광휘에 휩싸인 인영을 바라보는 클레디오 백작의 입꼬리가 말려 올라갔다.

"네가 천왕인가?"

"너는……."

콰콰콰콰!

천왕, 테일리의 말은 끝을 맺지 못했다.

말을 거는 즉시 클레디오 백작을 중심으로 폭발적인 기세가 발산되기 시작하더니 주변 공간을 뒤덮기 시작한 것이다.

그것은 찬란한 광휘마저 밀어내며 날카로운 칼날을 세웠다.

"일단 시작해 볼까."

심상치 않은 기세가 감각을 타고 따끔따끔하게 전달되자 테일리의 얼굴도 딱딱하게 굳어갔다.

둘의 대결을 어떻게 평가할 수 있을까.

그야말로 인간의 한계를 뛰어넘은 초월적인 존재의 충돌이라고 봐도 무방했다.

콰르릉! 콰과광!

충돌이 일어날 때마다 주변 공간이 압축되고, 터져 나가면서 지형도가 바뀌었다.

인간이 아닌 신이 내리는 재앙이라 칭하며 병사들은 몸을 벌벌 떨었다.

그만큼 진영 주변에서 벌어지는 천왕과 클레디오 백작의 대결은 상식을 벗어난 대결이었다.

"주군……."

걱정을 참지 못한 제이론은 티엘이 거주하고 있는 막사를 찾았다.

육안으로 식별하지 못하는 이상 어떻게 흘러가고 있는지 알고 있는 것은 오로지 그뿐이라고 여긴 것이다.

"제법 흥미로운 대결이 아닌가."

"백작님께서는 괜찮은 것입니까?"

"지금은 괜찮군."

"지금 괜찮다고 말씀하시는 건……."

"천왕을 상대로 상성이 그리 좋지 않다고 말을 한 적이 있었지. 대결이 오랫동안 이어지면 그 부분을 공략당하게 될 텐데, 그럼 기울어버릴 수밖에 없지."

"도와야 하는 것 아닙니까?"

제이론의 말은 당연한 것이었다. 클레디오 백작은 가문 내에서 중요한 전력을 차지하고 있는 인물이었고, 마왕, 천왕과도 대결을 벌일 수 있는 자원이었다.

하지만 티엘은 어깨를 으쓱해 보이는 것으로 대답을 대신했다.

"어려울 때 나타나서 도움만 주면 성장을 못하는 법이지. 우선 죽기 직전까지 몰려봐야 자신이 무엇을 잘못했는지 이해할 수 있을 테고."

"그러다가 크게 다치기라도 하면……."

"다치면 별수 없지. 그나저나 이제 슬슬 시작되는군."

"시작이라면?"

"천족 녀석들이 역시 눈치는 빨라. 그사이에 빈틈을 파악하고 공략하는 걸 보니."

티엘의 중얼거림대로였다.

팽팽하게 이어지던 대결은 천왕의 움직임이 달라지면서 급격하게 한쪽으로 기울기 시작했다.

"……."

이해하지 못할 그의 생각에 제이론은 뭐라고 말을 하지 못한 채 한숨을 푹 내쉬었다.

쾅쾅광!

"으음."

광휘가 팔을 휘감다가 허공으로 흩어지면서 요란한 폭발

이 일어나자, 클레디오 백작의 입을 비집고 신음이 흘러나왔다.

방금 전 공격을 피하지 못했다면 그대로 팔뚝이 날아가 버렸을 만큼 매서운 공격이었다.

"확실히 의외로군. 인간의 허풍이라고 생각했지만 이 정도일 줄은."

"승부가 난 것처럼 행동하지 마라."

"이미 내 눈에 결과가 보이는 것 같은데 오기를 부리다니, 역시 인간이지."

"끝까지 웃음을 유지할 수 있을지 지켜보지."

차갑게 굳은 클레디오 백작을 보며 테일리는 유쾌한 웃음을 지었다.

이렇게 강한 무위를 지니고 발악하는 인간은 오랜만에 보는 것이었다.

왜 레디븐 백작이 그렇게 두려움을 가졌는지, 조심하라고 했는지 알 수 있었다.

여타 인간들과 다를 바 없는 수법이지만 그 안에 실린 힘은 세상을 오시하고도 남음이었다. 처음부터 그에 대한 정보가 머릿속에 있었기에 지금의 우위가 만들어졌지, 자칫 잘못하면 낭패를 면치 못할 뻔했다.

하지만 이미 대결의 결과는 나온 것이나 다를 바 없었다.

그를 바라보는 테일리의 얼굴에 서린 여유는 점점 짙어져 가고 있었다.

테일리가 클레디오 백작을 상대로 구사한 수법은 간단했다.

광휘를 이용한 변칙 공격이 그것이다. 이는 공격을 펼치는 시전자조차도 알아차리지 못할 만큼 현란함의 연속이었다.

누구도 알지 못할 만큼 빠르게 움직이기에 막아내는 것은 불가능에 가깝다.

클레디오 백작의 움직임도 재빨랐지만 세상에서 가장 빠른 빛을 떨쳐내지는 못했다.

그 후, 대결은 빠른 속도로 기울어지기 시작했다.

"그렇게 느려서는 아무것도 할 수 없지."

"……."

그는 아무런 대답도 하지 않은 채 검에 응집하는 힘을 다스리는 데 정신을 집중했다. 테일리도 더 이상 말장난을 할 생각이 없었기에 광휘를 일으켜 클레디오 백작을 압박해 나갔다.

피슛! 피빗! 핏!

눈 깜빡할 사이에 세 가닥 자상이 클레디오 백작의 얼굴과 어깨, 팔에 생겨났다. 그럼에도 그는 눈 하나 깜빡하지 않고 테일리를 바라보았다.

섬뜩함을 느낀 테일리의 몸이 움직였다. 이대로 있다가는 심각한 위험이 닥칠 것 같은 본능적인 감각이 경고를 보내오고 있었다.

"이미 늦었다!"

쏴아아아!

폭포수처럼 터져 나오기 시작한 그의 힘이 삽시간에 주변 일대를 뒤덮었다.

"이, 이건······."

"죽어라!"

거세게 흔들리는 테일리의 틈을 파고들어 클레디오 백작의 검이 검은빛을 발하며 강렬한 힘의 여파가 사방을 휩쓸기 시작했다.

드래곤 브레스를 응용한 그만의 비기가 펼쳐진 것이다.

검은 기운이 주변을 뒤덮으며 광휘를 사방으로 흩뿌리던 테일리의 몸도 사라졌다.

"후욱! 후우!"

그 광경을 지켜보던 클레디오 백작의 몸이 당장에라도 무너질 것처럼 위태롭게 흔들렸다.

그만큼 조금 전 공격에 혼신을 담아냈다. 제아무리 천왕이라고 해도 비기에 노출된 이상 무사할 리 없다는 확신이 그의 머릿속을 가득 채웠다.

그러나 그것이 빈틈을 만들어내려는 테일리의 의도임을 그는 눈치채지 못했다.

한 줄기 빛이 번뜩이는 순간, 클레디오 백작의 팔을 파고드는 힘이 있었다.

푸슉!

"큭?"

클레디오 백작이 허용한 곳은 검을 쥐고 있는 오른손이었다.

챙그랑!

빛을 잃은 그의 장검이 바닥에 떨어졌다. 분수처럼 피가 뿜어져 나오는 팔을 잡고 뒤로 물러나는 그를 쫓는 한 쌍의 눈길이 있었다.

"잘도 내게 망신을 주었군."

낭패한 몰골을 면치 못한 테일리의 얼굴은 흉신악살을 연상케 했다.

방금 전 공격이 그만큼 그에게 위험했음을 알려주는 부분이기도 했다.

'끝이로군.'

검을 들고 서 있지만 상황을 들여다보면 버티고 서 있는 것조차도 위태로운 형국이었다.

이대로 천왕의 공격을 허용하게 되면 무사할 리 없었다. 클레디오 백작의 얼굴에 체념의 빛이 서릴 무렵, 한 줄기 목소리가 그의 귀를 파고들었다.

"여기까지로군."

"로운 후작……."

"내게 빚진 것, 잊지 말도록."

"결국 또 이렇게 되었군."

스스로 해결하지 못한 채 또다시 그의 힘을 빌리게 되었다.

이보다 더 굴욕적인 일은 없었기에 클레디오 백작의 입에서 험악한 목소리가 나왔지만 표정만큼은 편안하게 안정되어 있었다.

서서히 무너지는 그를 보며 티엘의 시선이 테일리에게 고정되었다.

한편, 갑자기 나타난 티엘을 보는 테일리의 표정이 혼란으로 뒤덮였다.

그가 이곳에 접근할 때까지 전혀 기척을 감지하지 못했던 것이다.

순간 그의 머릿속으로 마왕과 접전을 벌였던 검사가 있고, 다른 한 명은 마왕을 물리쳤다는 말이 떠올랐다.

그 말은 자신과 접전을 벌인 저 녀석이 바로…….

"…넌 누구냐?"

"레디븐 백작이 다 말해줬을 텐데 굳이 알 이유가 있나? 알고 싶다면 가르쳐 주는 게 예의이긴 하지. 내가 바로 로운 후작이다."

"이런……."

험악하게 일그러진 그의 입에서 거친 목소리가 흘러나오려고 했지만 티엘의 말이 더 빨랐다.

"이대로 군의 사기가 떨어질 것 같으니 대결은 빨리 끝을 내도록 하지."

피잉!

티엘이 손을 뻗기 무섭게 날카로운 예기가 주변을 뒤덮기 시작했다.

방금 전 클레디오 백작과 전혀 다른 현란한 변화였기에 테일리는 화들짝 놀라며 뒤로 물러나려고 했다.

하지만 그의 공격이 더 빨랐다.

공간 가득 나타난 예기의 물결은 사정없이 테일리의 몸을 난도질했던 것이다.

"크아아아!"

광휘에 휩싸인 채 비명을 지르는 그의 모습은 이질적이었다. 하지만 그를 바라보는 티엘의 표정은 냉정하게 가라앉아 있었다.

이미 힘을 소진한 천왕을 소멸시키는 것은 그리 유쾌한 과정이 아니었다.

결국 클레디오 백작을 이용한 꼴이 되었기에 공격을 하는 티엘도 그다지 좋지 못했다.

"결과가 좋으면 상관도 없겠지."

웅웅! 우우웅!

티엘의 의지가 깃든 마나 소드가 한 자루씩 테일리의 몸을 파고들었다.

"으아아아!"

순수한 기운의 집합체인 마나 소드가 파고들면 그가 발현한 소멸의 의지가 테일리의 전신을 조금씩 갉아먹기 시작했다.

이 힘이 근원이 무엇인지 알고 있었기에 테일리는 최대한 벗어나려고 발버둥을 쳤지만 좀 먹기 시작한 소멸의 기운은 빠른 속도로 전신을 지배해 나갔다.

"어, 어떻게 이 힘을……."

고통에 몸부림치던 테일리는 어느 순간 티엘의 눈을 빤히 바라보며 입을 열었다.

그의 소멸이 임박했음을 알아차린 티엘은 대수롭지 않게 대답했다.

"너보다 높은 녀석이 이 힘을 즐겨 사용하더군."

"뭐라고……?"

"이제 헤어질 시간이다. 그동안 분탕질 쳐놓은 결과를 즐겁게 즐기도록 하지."

파앗!

소멸의 기운이 극에 달했을 때, 테일리의 몸은 한 줌 빛이 되어 흩어졌다.

허공 위에 부서져서 흩날리는 빛의 기운을 보며 티엘이 중얼거렸다.

"시작이군."

천왕의 소멸, 그것은 상황의 끝을 알리는 것이 아닌 새로운 시작을 알리는 알림이었다.

멀찍이 떨어진 곳에서 대결을 지켜보던 눈이 있었다.

한 명의 여인과 세 명의 남자는 굳은 표정으로 한 줌 빛이 되어 사라지는 천왕의 최후을 지켜보았다.

"……."

티엘이 천왕을 소멸시키는 과정은 빠른 속도로 이루어졌다. 마치 어린아이가 장난감을 부숴 버리는 것처럼 어렵지 않게 펼쳐낸 한 수 한 수가 소멸의 위기를 느끼게 만들 만큼 강렬했다.

"겁쟁이라고 쪼아댄 것이 후회가 될 정도로군. 이 정도일 줄은 몰랐는데."

검은 머리칼의 청년, 카이트론이 가볍게 몸서리치며 말했다.

"더 괴물이 되었군."

지켜보던 슈크라인도 굳은 표정으로 중얼거렸다. 자신과 대결을 벌이던 그 순간이 떠올랐기에 자연히 거센 호승심이 전신을 뒤덮었다.

"인간이 지닐 수 있는 수준을 벗어났습니다. 여황께서는 어떻게 보셨는지?"

"확실히 그는… 대단한 무위를 지니고 있어."

여인의 눈이 이채를 발했다.

그만큼 티엘이 발휘한 무위는 인간의 것이 아니라고 할 만큼 대단했다.

"하지만 달라."

"예?"

"인간을 초월한 이들은 결국 그 껍질을 깨드렸지만 저 인간은 여전히 자신의 틀을 유지하고 있어. 이것이 의미하는 건 약점이 존재한다는 의미야."

"…정말 약점이 존재하는 것입니까?"

이것이 마왕과 마황의 차이인 것일까.

테일리를 상대하는 모습을 보면서 어떻게 그의 검에 대응해야 할지 켈그라인으로서도 뚜렷한 대책을 찾아낼 수 없었다.

하지만 마황은 그 방법을 곧바로 찾아낸다. 마음이 든든했지만 한편으로는 자신과 마황의 차이가 여전히 큰 걸 확인했기에 웃을 수는 없었다.

"약점이라고 할 수도 없는 약점이지. 아마 그 스스로도 알고 있을 확률이 높으니까."

"그럼 공략하기 힘들겠습니다."

"지켜봐야 할 일이지. 어차피 꼭 부딪친다는 보장도 할 필요가 없잖아?"

"예?"

"아군이 될 수 없겠지만 적이 될 가능성을 열어둘 필요는 없다는 의미야."

그 말을 한 마황은 그대로 몸을 돌렸다.

"여황 폐하, 어떻게 하실 생각이신지⋯⋯."

"돌아갈 거야. 오늘 그와 만나는 것은 때가 아니니까."

"아, 알겠습니다."

이대로 천족의 기지라고 할 수 있는 황도를 습격하거나, 티엘과 만남을 가질 거라 생각하던 그들은 저마다 빠른 속도로 마황의 뒤로 따라붙었다.

"인간이 그 정도 수준이라니, 그리고 내게 도발을 해? 재미있어."

자리를 벗어나는 마황의 입가에 미소가 걸려 있었다.

마황의 이름은 클로라이네.

또 다른 이름은 카엘라였다.

그녀 또한 한때 인간에서 마왕으로, 치열한 투쟁 끝에 마황의 자리에 오른 여인이었다.

천왕 테일리를 소멸시킨 티엘은 한동안 그 자리에서 움직이지 않았다.

그것은 의도적인 빈틈을 만들어낸 것이었는데, 계획하던 부분은 먹혀들지 않았다.

"…역시 마황이라는 건가."

고개를 절레절레 저은 그는 천왕이 완전히 소멸된 자리를 힐끗 본 뒤 쓰러져 있던 클레디오 백작을 짊어지고 진영으로 돌아갔다.

와아아아!

빛의 폭사와 함께 천왕이 흔적도 없이 사라진 것을 확인한 병사들은 함성을 지르며 승리를 자축하고 있었다.

"주군, 괜찮으십니까?"

제이론이 다가와 걱정스러운 표정으로 질문을 던져왔다.

"클레디오 백작이 다 해놓은 걸 마무리한 것밖에 없으니 걱정할 필요 없다."

"다행입니다."

한결 안심한 그는 가슴을 비집고 흘러나오는 한숨을 참지 않았다.

안도하는 제이론을 보며 티엘은 고개를 절레절레 저으며 중얼거렸다.

"제법이군."

"예?"

"아니, 아무것도 아니다. 목적한 바를 이뤘으니 계획한 그대로 진행한다."

"…알겠습니다."

이제 시작이다.

인간이 아닌, 그보다 더 높은 존재들의 전투가 벌어질 거란 생각에 제이론은 저도 모르게 목이 타는 것을 느끼며 침을 삼켰다.

티엘과 천왕의 대결을 지켜본 눈은 비단 하나만 있는 것은 아니었다.

제스피아리스는 천왕이 나타날 무렵, 베레아스에게 연락을 하여 도와줄 것을 요청한 상황이었다.

만약 티엘이 나선다면 그다음에는 자신과 베레아스가 나서서 천왕을 무력화시킬 생각이었다.

하지만 그것이 오산이었다는 걸 깨닫게 되었다.

"…정말 대단하네요."

"이 정도일 줄은 몰랐군. 특히 먼저 대결한 인간도 결코 드래곤에게 뒤처지는 힘이 아니었어."

"네, 매일 시비를 걸고 나타나서 미친 게 아닐까 싶었는데 그게 아니었네요."

하마터면 큰 실수를 저지를 뻔했다는 생각에 제스피아리스는 안도의 한숨을 내쉬었다.

당장 클레디오 백작만 하더라도 자신이 쉽게 상대할 수 없는 강적이었다.

"그나저나 먼저 겨룬 인간의 힘은 한 번쯤 짚고 넘어가야겠군."

"네?"

"상당히 희석되었지만, 그 힘의 잔향은 블랙 드래곤의 것이었어."

"블랙 드래곤? 그 배신자들의 힘을 지니고 있었다는 뜻인가요?"

"어떻게 된 건지는 한번 지켜볼 일이지. 잔향이 희미한 만큼 블랙 드래곤과 연계될 확률은 그리 높지 않고."

"그건 다행이네요."

"그나저나 저 힘의 근원은 인간들이 사용하는 건데 어떻게 저런 위력을 낼 수 있는 건지."

"저도 이해하기가 힘들어요."

클레디오 백작이 힘을 빼놓았다고 하지만 천왕을 단숨에 소멸시키는 티엘의 무위는 제스피아리스의 머릿속에 깊은 잔향을 남겼다.

에인션트 드래곤이 나타나더라도 상대하기 쉽지 않은 천왕이었다.

그런 존재를 단 몇 수만에 소멸시키는 무위는 이미 초월자의 영역에 도달했다고 봐도 무방했다.

그 힘을 정확하게 알아보지 못한 자신의 안목이 부끄러울 따름이었다.

"아무래도 이번 전쟁의 주도권을 빼앗아 오는 건 불가능하겠어."

"네? 그래도……."

"우리가 나선다고 한들 가만히 있을 인간이 아니지 않은가? 그 또한 자신이 살고 있는 중간계가 멸망하는 건 원치 않을 테니 조용히 지켜보는 수밖에. 그러니 성질을 건드리지 말고 잘 지켜보도록."

"알겠습니다."

요즘 자신이 부쩍 짜증이 많아졌다는 걸 자각한 제스피아리스가 어깨를 늘어뜨리며 대답했다.

그 모습을 보며 베레아스는 즐거운 웃음을 지었다.

티엘의 무위에 압도되고 나서 그를 보는 그녀의 눈빛은 애매모호했다.

눈이 마주치기 무섭게 흠칫하는 모습을 보며 티엘이 피식 웃었다.

"비 맞은 강아지처럼 보는 거지?"

"지금 강아지라고 했나요? 드래곤인 내게?"

"그러니 왜 하는 질문에 제대로 대답도 하지 않고 있나. 대결을 지켜봤을 텐데, 소감 같은 건 없나?"

"왜 천왕이 더 까다롭다고 했는지 알 것 같더군요. 마왕에게나, 드래곤에게나 모두 상대하기 버거울 것 같은 느낌이 들었어요."

"상대의 약점을 꿰뚫어 보는 데 도가 튼 녀석들이지. 한번 잘못 얽히면 제법 골치 아픈 상황이 벌어질 수도 있으니까."

"하아, 쉬운 게 하나도 없네요. 천황도 아니고 천왕도 저럴 정도면 앞으로 상대할 자들은 얼마나 대단한 무위를 지니고 있을지."

광휘에 휩싸여 사정없이 몰아치던 천왕의 모습에 제스피아리스는 한숨만 내쉬었다.

만약 자신이 상대하라고 하면 어떻게 할지 머리가 지끈거리는 기분이었다.

"분명 대단한 무위를 지니고 있지."

"네?"

"오늘 대결을 지켜보던 눈들이 있었는데 몰랐나 봐?"

"그, 그야 베레아스 님도 지켜보기는 했지만 뭐……."

허락도 받지 않고 불러들였기에 마음속에 켕기는 것이 있을 수밖에 없었다.

더듬거리며 말을 이어나가는 그녀의 모습에 티엘이 손을 저었다.

"내가 말한 눈은 드래곤이 아니다."

"그럼?"

"마황, 그리고 마왕들이 왔었다."

"……!"

믿기지 않는 말에 그녀는 저도 모르게 입을 벌리고 말았다.

티엘은 대수롭지 않은 듯 천천히 자세한 상황을 설명해 주었다.

"마왕도 제법이지만 상황을 주시하던 마황도 상당하더군. 당장 난입할 것 같았는데 내가 보인 틈을 본능적으로 파악하고 물러났어. 아마 상당한 경험과 통찰력을 지니고 있는 인물이겠지."

"마황이라면 대체 얼마나 강한 거죠?"

"구체적으로 강함을 측정하는 건 어렵지. 한 가지 분명한 건 같이 있던 마왕 서넛은 힘을 합쳐야 동수를 이룰 수 있을까? 하는 생각이 들더군."

"그 말은 천황도……."

"비슷하지 않을까?"

"맙소사!"

티엘이 마황과 천황을 감당하기 위해서는 열다섯의 드래곤이 필요하다고 했을 때 믿지 않던 그녀였다.

그런데 마왕 서넛이 힘을 합쳐도 동수라니, 드래곤을 얕잡아 본 것 같아서 기분이 나빴지만 그들보다 마황에 대해 파악하고 있는 정보가 현저하게 적은 것을 감안하면 결코 깎아내리는 것이 아니었다.

"당장 황도로 진격해요! 천황이 강림하는 것만큼은 막아야 해요."

"그럼 마황은 누가 막고?"

"우리 드래곤들이 막겠어요! 그러니 어서 움직이도록 해요!"

다급한 마음에 목소리를 높이는 제스피아리스였지만 티엘은 고개를 저어보였다.

"어차피 여기서 막는다고 한들 얇아진 차원의 벽을 통해 얼마든지 일을 도모할 수 있어. 차라리 저들이 중간계로 오도록 유도한 뒤 확실하게 처리하는 게 향후 미래를 위해 더 좋은 일이 되겠지."

"그런 말도 안 되는……."

뭐라고 반박을 하고 싶었지만 이미 티엘의 구성과 실행력을 보았기에 아무 말도 할 수 없었다.

자신이 뭐라고 말을 한들 허공에 외치는 공허한 외침만 될 뿐이니까.

"너무 불안하게 여길 필요는 없다. 천황이 강림하다고 해도 그 몫을 온전히 드래곤이 감당하는 건 아니니까. 서로 상극인만큼 마족과 먼저 충돌할 수밖에 없을 것이다. 우리는 그걸 즐거운 마음으로 지켜보기만 하면 된다."

"……."

댁이나 즐겁겠지!

라고 소리치고 싶은 제스피아리스였지만 꾹꾹 억눌렀다.

그녀의 속을 아는지 모르는지 티엘은 곧 펼쳐질 거대한 전쟁에 개구쟁이 같은 미소를 지어 보였다.

"그럼 이제 재미있는 쇼가 시작될 시간이군."

천황의 소멸 소식은 삽시간에 제국 전역으로 퍼져 나갔다.

그동안 신의 행세를 해온 것이 천족의 왕인 천황이었으며, 마왕에 버금가는 그조차도 티엘의 손에 소멸했다는 소식은 오히려 그의 위명을 높여주는 계기가 되었다.

"내가 이럴 줄 알았어!"

한껏 구겨진 레디븐 백작은 목소리를 높였다. 하지만 누구도 그의 말에 제동을 걸지 못했다.

그만큼 천왕의 소멸 소식은 그에게 있어 충격적인 것이었다.

누가 티엘의 무위가 그 정도일 줄 알았겠는가. 레디븐 백작은 일말의 불안감으로 천왕을 말렸지만 결국 고집을 부려 소멸의 길을 선택하고 말았다.

"제이안!"

"예, 주군!"

"멍청한 천왕도 결국 고집을 부리다가 소멸했다. 이제 우리가 할 수 있는 건 뭐가 있지?"

"당장 진군하는 것처럼 보이지만 이상하게도 로운 후작이 황도로 진격하는 것을 망설이는 눈치입니다. 이 부분이 이상하게 여겨졌으나, 한 가지 가정을 세울 수 있었습니다."

"뭐지?"

"황도를 빼앗을 경우 황제에게 양도하라는 요청을 받고 곤란한 지경에 처할 수 있다는 점입니다."

"…남 좋은 일은 할 수가 없다?"

"예, 그걸 망설이고 있을 확률이 높습니다."

그 말을 들은 레디븐 백작은 티엘의 속내를 알아차릴 수 있었다.

별다른 피해를 입지 않고 천왕을 무찔렀음에도 망설이는 내막에는 다른 이유가 숨어 있던 것이다.

"확실히 그런 짓을 할 만한 인간은 아니지."

"그것만으로는 설명할 것이 부족하지만 아직 기회가 남아 있습니다."

"천왕조차 무찌른 신위를 어떻게 감당하라는 거지?"

"그건……."

"우리가 있기 때문이지."

뭐라 말을 하려던 제이안은 입을 열지 못했고, 레디븐 백작도 대전 안으로 들어오는 이들을 보며 멈칫했다.

언제인지 열려 있는 대전 문으로 다섯 존재가 안으로 들어오고 있었다.

그들은 하나같이 순백의 광휘에 휩싸여 있었으며, 지켜보는 것만으로도 경배하고 싶은 마음이 드는 강렬한 끌림이 느껴졌다.

레디븐 백작과 제이안은 저 복장이 무엇을 의미하는지 잘 알고 있었다.

천왕 테일리 또한 저들과 비슷한 복장을 하고 있었으니까.

"당신들은……."

"테일리가 일을 잘 처리했지만 욕심을 부리다가 당해 버렸군."

선이 굵은 미남의 중얼거림에 레디븐 백작은 숨이 턱 막혀오는 것이 느껴졌다.

그것은 천왕 테일리가 있을 때와는 비교도 안 되는 압박감이었다.

"원래 욕심이 많은 녀석이었지. 그런 녀석은 언제 소멸되어도 이상한 것 아닌가?"

옆에 서 있는 선이 가는 미남이 날 선 목소리로 대답했다. 그러자 자애로운 미모의 여인이 말을 받았다.

"인간에게 당했다고 하는데 그 점이 선뜻 이해하기가 힘드네요. 아마 다른 술수가 있었다고 생각해요. 혹시 그가 마황일 경우도 생각을 해봐야죠."

"마황이라면 당장 달려가서 베어버리는 게 최선이지."

눈매가 날카롭고 창을 들고 있는 여인이 그 말을 받았다.

"조용히 하도록."

"……."

가장 뒤에 서 있는 이가 입을 열지 분위기는 순식간에 가라앉았다.

강렬한 광휘에 얼굴조차 제대로 알아볼 수 없는 그를 보는 순간 레디븐 백작은 마음에 쌓아놓은 모든 벽이 한순간에 무너지는 것을 느꼈다.

대체 그는 누구기에 이렇게 압도적인 카리스마를 발산할 수 있단 말인가.

망연한 표정을 하고 있는 레디븐 백작을 보며 그가 살며시 미소를 지어 보였다.

"테일리가 신세를 끼쳤다고 하더군."

"아, 아닙니다. 그분께서는 오히려 제게 많은 것을 주셨습니다."

공손하기 그지없는 태도는 어느새 상전을 대하는 태도였다.

레디븐 백작은 스스로도 이런 태도를 보이는 것이 이해가 되지 않았지만 몸은 의지를 배반하고 제멋대로 움직이고 있었다.

"안타깝게도 테일리는 소멸의 길을 걷고 말았지. 우리에게는 그의 복수를 할 의무가 있네. 중간계에 강림한 지 얼마 되지 않아 정세가 어두워서 그러니 이곳에 머물고 싶군. 괜찮겠는가?"

"예, 얼마든지 머무십시오."

그러고 싶지 않았지만 마음대로 움직인 입은 이미 결론을 내리고 있었다.

"고맙네. 대신 우리는 자네가 원하는 걸 이뤄줄 수 있도록 노력하지. 원하는 게 무엇인가?"

"제가 원하는 것은… 황제의 자리입니다."

"나는 천황 미델쿠스. 자네의 야망을 기꺼이 들어주도록
하지."

자애롭고 야망이 담긴 그의 미소에 레디븐 백작은 무릎을
꿇고 머리를 조아림으로써 대답을 대신했다.

『레드 크로니클』14권에 계속…

즐거운 인생

미더라 장편 소설

FUSION FANTASTIC STORY

A Bittersweet Life

삶의 의욕을 모두 잃은 주혁.
어느 날 녹이 슨 금속 상자를 얻는데……

"분명 어제도 3월 6일이었는데?"

동전을 넣고 당기면 나온 숫자만큼 하루가 반복된다!

포기했던 배우의 꿈을 향해 다시금 시작된 발돋움.
눈앞에 펼쳐진 새로운 미래.

과연 그는 목표를 이루고
인생을 바꿀 수 있을 것인가!

북검전기

우각 新무협 판타지 소설

FANTAL ORIENTAL HEROES

2014년의 대미를 장식할, 작가 우각의 신작!

『십전제』, 『환영무인』, 『파멸왕』…
그리고,

『북검전기』

무협, 그 극한의 재미를 돌파했다.

북천문의 마지막 후예, 진무원.
무너진 하늘 아래 홀로 서고, 거친 바람 아래 몸을 숙였다.

살기 위해! 철저히 자신을 숨기고
약하기에! 잃을 수밖에 없었다.

심장이 두근거리는 강렬한 무(武)!
그 걷잡을 수 없는 마력이,
북검의 손 아래 펼쳐진다!

Book Publishing CHUNGEORAM

유행이 아닌 자유추구 -
WWW.chungeoram.com

네르가시아 장편 소설
FUSION FANTASTIC STORY

THE MODERN
MAGICAL
SCHOLAR

현대 마도학자

나르서스 제국의 전쟁영웅이자
마나코어를 개발한 천재 마도학자 카미엘!

그러나 제국의 부흥을 위한 재물이 되어
숙청당하는데…….

『현대 마도학자』

죽음 끝에 주어진 또 다른 삶.
그러나 그에게 남겨진 것은 작은 고물상이 전부였다.

더 이상의 밑은 없다!
마도학자의 현대 성공기가 시작된다!

Book Publishing CHUNGEORAM

(주)영이 아닌 자유추구
WWW.chungeoram.com

전혁 新무협 판타지 소설
FANTASTIC ORIENTAL HEROES

1

왕후장상

FANTASTIC ORIENTAL HEROES

용마검전
FANTASY FRONTIER SPIRIT
김재한 판타지 장편 소설

「폭염의 용제」, 「성운을 먹는 자」의 작가 김재한!
또다시 새로운 신화를 완성하다!

『용마검전』

사악한 용마족의 왕 아테인을 쓰러뜨리고
용마전쟁을 끝낸 용사 아젤!

그러나 그 대가로 받은 것은 죽음에 이르는 저주.
아젤은 저주를 풀기 위해 기나긴 잠에 빠져든다.

그로부터 220년 후……

긴 잠에서 깨어난 아젤이 본 것은
인간과 용마족이 더불어 살아가는 새로운 세상이었다.

Book Publishing CHUNGEORAM

유행이 아닌 자유추구 -
WWW.chungeoram.com

허담 新무협 판타지 소설

FANTASTIC ORIENTAL HEROES

검은별

하늘아래 모든 곳에 있고,
결코 사라지지 않는다.

세상은 그들을 멸사하지만,
세상의 모든 야망가가 은밀히 거래한다.

선과 악이 어우러지고,
어둠과 밝음이 서로를 의지하듯
세상의 빛 그 아래 존재하는 자들.

무수한 별이 빛을 잃어 어둠을 먹고사는
검은 별이 되어 살아가는,
그리하여 세상 모든 사람이 두려워하는…

그들은 유령문이다!

Book Publishing CHUNGEORAM

유행이 아닌 자유추구 -
WWW.chungeoram.com

연재 사이트 베스트 1위!
어디에서도 볼 수 없었던 천재 의사가 온다!

『메디컬 환생』

언제나 실패만 거듭해 온 의사 진현,
그런 그에게 찾아온 인연의 끈이 있었으니.

"다시 삶을 살면… 어떤 삶을 살고 싶으신가요?"

다시 한 번 주어진 인생
이번엔 반드시 성공하리라!

Book Publishing CHUNGEORAM

유행이 아닌 자유추구 -
WWW.chungeoram.com